迷路原為看花開

「這是我最想寫的一本書！」

李偉文——著

時報出版

自序

生命猶如一場繁花遍開的旅程

對於生命之旅，不管選擇怎麼過，我總覺得人是不可能迷路的，只要我們對於很快速的達到某個特定目標不是太在乎的話。

只可惜大部分的人從小經過無數次的考試，習慣萬事萬物都有標準答案；長大進入社會工作，也被月報表、季報表、年度目標給追著跑，我們的人生就在完成一個又一個績效中度過。

我看過許多人很認真、很努力，完成了一切別人給的目標，也獲得別人眼中所謂的成就，可是他的生活過得枯燥又乏味，夜闌人靜時常常驚醒：「到底活這麼一生，所為何來？」其實面對無窮大的空間與無限長的時間，人的一生何其微渺，什麼成大功、賺大錢，無非都是鏡花水月，轉瞬間如煙灰飛盡。

我覺得一個精彩、對得起自己的人生，應該是一場沒有地圖的旅程，或者說，是依羅盤而非地圖而走的旅程，也就是生命有方向，心中有個憧憬，有個想到就很興奮的夢想，一種向上、向善的指引，如同我們依著羅盤或天空中的星座而行，但是卻不會像看著地圖，走哪一條路接哪座橋，清清楚楚的規劃，逼自己時時刻刻照著既定的具體目標來生活。

當我們的眼睛可以從緊盯著前方的目標，放鬆下來欣賞著周遭的景緻，就能掌握時時刻刻出現在我們生命中的機緣，就會發現原來人生路上處處繁花盛開，不斷享受著令人歡喜讚歎的經驗。

在佛經中常會以「如是我聞」做為開頭第一句，意思是書中所寫，都是我親眼所見，親耳所聞，我只是如實記錄下來而已。

這本書，我也以同樣的心情，將這些年我在生活中，或者旅行路途所見所感，如實記錄，與您分享。

目錄

目錄

迷路原為看花開

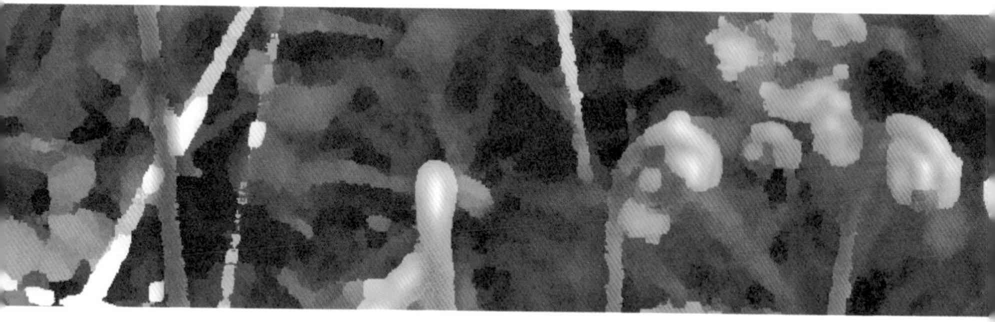

回得去與回不去了！

或許是電視連續劇的影響吧，最近在許多報章雜誌都看到「回不去了！」這類的標題或引述。其實人真的很容易興起對「美好的從前」的懷念，有文字歷史記載以來，幾乎每一個時代的人都曾如此感歎。

我相信不管任何人，總會有一些過往的影像，包含著一些情緒、某種特定氛圍，會在記憶中留存，侯孝賢導演把這種懷想，稱為「最好的時光」：「生命中有許多吉光片羽，無從名之，難以歸類，也不能構成什麼重要意義，但它們就是在心中縈繞不去。譬如年輕時我愛敲杆，撞球間裡老放著歌〈Smoke Gets in Your Eyes〉。如今我已近六十歲，這些東西在那裡太久了，變成像是我欠的，必須償還，於是我只有把它們拍出來。我稱它們是：最好的時光。最好，不是因為最好所以我們眷念不已，而是倒過來，是因為永遠失落了，我們只能用懷念召喚它們，所以才成為最好……」

因此，每個人的抽屜中總有個百寶盒捨不得扔掉，說是寶，但是在旁人眼中，卻是毫無價值的「垃圾」，比如幾張發黃的車票票根、一些小石頭與彈珠，還有些手製的小玩意、小擺飾等等。每個物品，背後都有個故事，也都有段令人難忘的回憶。

據說，古代墨西哥的巫師會把收集值得回憶的事件，當作生活中一件重要的儀式，用來刺激儲存於心靈內在的能量。他們認為，這些能量往往被擱置忽略，被日常的生活給擠壓到意識的邊緣，而無法觸及。但是這些值得回憶的事件，卻能夠使人重新使用那些未用的能量，激發出生命的熱情。

的確，有時候翻翻老相片或朋友溫暖的來信，或者在儲藏室裡東摸摸、西翻翻，這些看似虛耗掉的懷舊時光，其實有其正面價值。

法文對鄉愁的解釋，是對於一種已逝的美好事物的眷戀。鄉愁不見得真的是想念一個地方，往往是懷想一種氛圍，一種境界吧！

總覺得若是對這種境界的懷想愈少，大概表示我們的性情愈來愈冷酷了吧？

這種鄉愁，在人類有，在動物也有。

前一陣子報上不斷登載著征戰世界的臺商返回臺灣投資，媒體都以「鮭魚返鄉」來形容。

的確，鮭魚的生活史真的就是如此。一般來說，鮭魚出生在溫度較低且清澈的溪流裡，然後就逐漸往下游遷移，之後進入大海中，就在海裡成長，過了三、四年或五、六年，長大成熟後，就會從大海回到陸地牠出生時的溪流產卵，這種習性我們稱為洄游，因此形容人在外奮鬥，事業有成後返回家鄉貢獻所得，用鮭魚返鄉倒是滿貼切的。

為什麼鮭魚非得要回到出生的那個地點來落葉歸根呢？或許這也是回應了作家唐諾所說的：「為什麼會隨著自己的老去，愈發的容易想起童年，想起我們最初的時光，只因為那些最早來的，總是最後一個走。」

說得真是好——最早來的，總是最後一個走。

有一部電影《總是要找到你》，是根據恐怖小說大王史蒂芬・金少數不恐怖的小說改編的，故事應該是史蒂芬・金少年啓蒙的親身經歷，二十幾年前曾上演過，主題曲〈Stand by Me〉到今天我開車時還經常播放著。

前一陣子又重看了這部小說，最近也買到電影DVD，其中有一些片段很令人感動，抄錄於下與你分享，也以此紀念每個人失落的最好時光。

「最重要的事情往往也最難啟齒，你不好意思說出口，因為言語會縮小事情的重要性——原本縈繞在腦中一些天大的事情，一經脫口而出，便立刻縮為原本的實際大小。不過其實遠遠不止如此，是不是？最重大的事，往往和你埋藏在內心深處的祕密有密切關係，有如敵人樂於一窺的藏寶圖。或許有一天你鼓起勇氣，把心中的一切和盤托出，結果只落得讓別人看笑話，因為他們壓根兒不懂你在說什麼，也不知道你為什麼覺得事情這麼重要，說著說著，

為什麼會隨著自己的老去，愈發的容易想起童年，想起我們最初的時光。
（屏東九棚沙漠，荒野保護協會籌備階段）

幾乎要哭了出來。我想普天下最糟的事，莫過於懷著滿腔心事與祕密，卻非無人可訴，而是沒有人聽得懂！」

在疾進中深情回首

天氣放晴，氣溫回升到相當舒服的溫度，整個心情不由得振奮、開朗起來。忽然一驚，人畢竟還是逃不開環境的影響力啊！

高中國文課讀到〈岳陽樓記〉中寫的：「不以物喜，不為己悲。」常常想到，要做到范仲淹如此境界，是多麼不容易啊！

「人塑造環境，然後環境塑造人。」或者講得具體一點，人選擇了在什麼環境生活或工作，那個環境終究會影響到人的性格與行為。因此，古往今來，各種宗教以各種戒律，或種種修練，無非就是希望塑造一個特定情境，然後來影響及改變一個人。出汙泥而不染之所以值得稱頌，就是因為這種情況是很難得一見的！

如何超越環境的影響力，往自己內心去尋找自足與安寧，大概是這些年給自己的功課吧！

在馬祖服役的經驗，是一段頗為難得的試驗場所。老實說，當年的軍中生活不管在精神與體力上的壓力是滿大的。比如說精神上的苦悶，當年在外島服役，不能打電話（只能打電報。電報？出生於手機時代的年輕人恐怕不知道什麼是電報了），當然也沒有電腦沒有網路，來往交通靠船運，一個月只能收到一次朋友的回信，一年休假回臺灣一次，每天只有出操戰備及看海，唯一的娛樂就是看書和看錄影帶（當然，還有八三一）。對於我而言，體力上的操練是最大的難關，全副武裝跑五千公尺，在不是上坡就是下坡的戰備道不斷行進……在軍中，我學會將自己的靈魂與意識升到自己的頭頂，然後超然且有趣的看著底下肉體正在受苦的自己，如此，痛苦似乎可以忍受，甚至從中間找到某種樂趣，所謂苦中作樂吧！

從此這種用不同的角度與視野看待當下的生活，也就成為我的習慣。包括退伍進入社會工作，在金錢與名位的追逐中，讓我能有比較超然的眼光來面對。

有一則很出名的鄉野軼聞或禪宗公案這麼描述：在一條熙來攘往的江流上，上位者問道：「這江上有多少艘船？」下位者腦筋急轉彎的回答：「只有二艘，一艘為名，一艘為利。」的確，現代人終日奔波心力交瘁，為的還不是名啊利的，人真的逃不開盲目的追求和浮泛的認定嗎？但是，仔細想想，生活裡除了這些還剩下什麼呢？

有人打坐修道，或用嚴格的戒律來抑遏自己對名利物欲的念頭，這種無欲的「追求」，是不是更大的貪念呢？

若真能做到事事如同老僧入定般古井不生波，無欲無求無生無滅，如此的人生若真的是人

你痴也罷，你放也罷，你冷也罷，你熱也罷，上蒼總是讓你在不同的位置去觀賞世界。
（花東縱谷）

類生存的目的，那麼我實在看不出生命的意義何在了。

這真的是大哉問了。

或許，真理只能逼近，無法獲得，生命有限的人類是不足以言「永遠是什麼」。

我願，學著以超然寬容的心情去看待人世間的是是非非，但另一方面，我也願意盡情發光發熱，痛痛快快的在人世間大玩一番。

我想，人的一生大概就是這樣，在對立中求取協調，在競爭中找尋平和，在疾進中深情回首。

你痴也罷，你放也罷，你冷也罷，你熱也罷，上蒼總是讓你在不同的位置去觀賞世界。

生命是一場邀請，千萬不要錯過豐富多采的人生體驗。

再一次，遇見年輕的自己

這幾天接連著夢到學生時代的生活，追憶起曾有那麼一張年輕氣盛的臉，未經風霜的心，回首從前，又是自傲，又是心疼……

古人有云：「去國十年，老盡少年心。」有時候真的會猜想，若再回到校園，會是哪種心境？

曾刻過一個印章，一面是「人不痴狂枉少年」，另一面是「晝短苦夜長，何不秉燭遊」，這是對年少的一種嚮往吧！的確，家庭、子女、事業、種種責任感、忙碌不堪的生活，把我們綑得動彈不得，唯有看到老朋友，看到意氣風發的學弟，一如當年的我們，才會勾起幾許唏噓。

記得讀大學當時席慕蓉的《七里香》剛出版（一九八一年左右吧），其中的一首〈塵緣〉寫著：

這人世的一切我都希求

快樂啊憂傷啊

是我的擔子我都想承受

明知道總有一日
所有的悲歡都將離我而去
我仍然竭力的搜集
搜集那些美麗的糾纏著的
值得為她活了一次的記憶

我是個貪心的人，「這人世的一切我都希求」，好多好多東西都想接觸，都想學，都想看。到書店轉一圈，除了覺得自己的渺小與對浩瀚知識的悵然，看到許多自己在不同階段所醉心的範疇：自然科學、社會科學、歷史文化、教育、哲學、文學……各類熟悉的書籍，曾經是那麼狂熱過，其中有許多還是很想進一步研讀，但是，可能嗎？

我也是個感恩的人。「快樂啊憂傷啊，是我的擔子我都想承受」，曾經在我生命的歷程中，留下痕跡的事事物物、點點滴滴，不管好的、壞的，愉快的、痛苦的，我都充滿了感激。因為珍惜，因為我知道，任何境遇，這都將是我一生中僅有的一次，僅有的一件。

因此，很難忘記，高中時某次元旦小隊露營，半夜下大雨，水將帳篷「漂」起來；也忘不了，大學時在寒冷的冬天半夜二、三點，才穿著實驗衣從大體解剖室摸回宿舍；甚至在馬祖全副武裝跑五千公尺的肉體痛苦都成為甘美的回憶；偶爾，小學時和同學一起做功課、畫壁報的情景也會浮現腦海。

回想年輕時代，最可貴、最溫馨的，就是那些仍記得的往事，而往事，總是與當時在一起瘋狂，一起做事，一起笑鬧的朋友糾纏在一起。因此，所謂回憶，大概就是一個又一個的朋友留下的身形影貌。

現在想起十年、二十年前，那時當然是年輕，但是十年、二十年後回顧今天，今天又何嘗不是年輕？因此，應該把這句話擺在案頭，隨時提醒自己：

當你走過，
請展露你最多的笑容，
因為你只能走過一次。

日本作家大江健三郎在他的書裡這麼寫著：「現在已經到了老人年紀的我，再回到故鄉的森林裡，如果遇到是小孩子的我，該說些什麼話才好呢？」他這麼告訴年輕的自己：「你長大之後，也要繼續保持現在心中的想法唷！只要用功念書，累積經驗，把它伸展下去。現在的你，便會在你長大之後的身體裡活下去。而你背後的過去的人們，和在你前方的未來人們，

當你走過，請展露你最多的笑容，
因為你只能走過一次。
（大一宿舍書桌前）

也都會緊密連結著。」

親愛的朋友，若是你真的遇到了年輕的你，你會跟他說什麼呢？

幸福近在眼前

記得多年前日本漫畫與日劇流行的時候，「一定要幸福喔！」成了大家流行的道別語。但是什麼是幸福的來源？

我們看了多少叱吒風雲的政治人物，腰纏萬貫的名門巨賈，或權傾一時的單位主管，他們真的比一般人容易尋得人生的幸福和快樂嗎？

仔細想想，我們要想使日子過得幸福，與整個社會國家並沒有太大關係，誰當總統，誰當市長，其實對我們的日常生活並沒有多少影響。

我們真正的快樂，決定在家庭是不是和睦，決定在與鄰居相處是不是和諧，決定在與朋友之間是不是彼此敬重，決定在對工作是否盡心，受人肯定。

是的，瞭解到原來身邊的一切就是我們的全部之後，才恍然大悟，其實自己就是幸福的來源。

如果我們坐下來仔細的回顧前半生，也許會驚訝的發現，生命中最珍貴的東西，都不是用錢得來的，最令人難忘的回憶，似乎也都是瑣碎又悠閒的時光。

那麼，我們急急忙忙，到底在追求什麼呢？

或許因為這些年全球化的高度競爭，讓任何地區、任何產業、任何年齡的人都愈來愈忙了！在每個人都追求更多更多的背後，也帶著「不贏過別人就會被淘汰」、「贏者全拿輸者一無所獲」的焦慮吧？

在忙碌的工作中，對每一天的生活，每個時辰的消逝，我們很容易輕忽掉，但是若我們能警覺到每天的生活累積起來，事實上就是我們的生命，會不會再重新審視一下自己如何安排每一天的生活？

當然，我們不停的忙碌，也許是為了多賺點錢，讓生活過得更好。可是，我們可能根本沒有想到，如果少做一點事，少賺一點錢，可能反而會活得更好，過得更快樂。

聽音樂，看書，散步，看著蝴蝶飛舞，油桐花相思花朵的飄落，盯著黃昏的太陽掉到山的另一頭，數著明滅的螢火蟲，坐在溪邊聽流水聲……這麼多美好的享受其實是不必花錢的！

據說義大利人認為只有三件事是必須要做的，那就是：相愛、飲食、歌唱。

也據說，全世界只有法國人充分利用五官在過生活。用眼睛來看美女，欣賞名畫；鼻子用來聞香水，呼吸新鮮自然的空氣；嘴巴用來吃好菜，講情話；耳朵聽音樂，還有用皮膚來觸摸，做愛。

想起童話故事中的青鳥。
當我們不斷追逐著想像中代表幸福的青鳥時，會不會最後才發現，幸福不在很遠的地方，幸福原來在我們每天的生活中。
青鳥從來沒有離開過我們！

◆◆◆

相對於主流，我總喜歡處於邊緣的位置，除了邊緣可以讓我保持清醒，邊緣也比較容易匯聚各種不同的事物與思想。因此，對於住家的選擇也是如此，我住的花園新城位在臺北都會的邊緣，也是自然荒野的邊緣。
這是個已經四十年的老社區，一棟棟的房子幾乎已經融入山裡頭了，或許房子老舊，房價也相當便宜，所以吸引了許多藝術家、作家、自由創作者與老師、教授住在這裡，在豐富的自然環境與人文氛圍中，社區居民互動相當頻繁，因此住在這裡的人是幸福的。
沿著社區馬路或山坡小徑，從清晨到半夜，隨時都有人在散步，連在現代都會生活中，已快成絕響的串門子這種古老的習慣，在這裡卻是非常自然的，所以假日在社區散步，常常一走就是大半天，不是跑到別人家裡泡茶聊天，就是被路旁某些動植物或社區舉辦的活動給吸引住了！

臺灣的社區大概都有管理委員會或社區發展協會，但是在花園新城還有一個相當有活力的社團「臺灣蘭溪人文自然發展協會」，蘭溪是流經社區的溪流，而人文及自然也是社區的兩大特色，創會理事長謝水樹是荒野保護協會的資深義工，曾任理事長的楊浴雲與她先生莊普，

聽音樂，看書，散步，看著蝴蝶飛舞，油桐花相思花朵的飄落，盯著黃昏的太陽掉到山的另一頭，數著明滅的螢火蟲，坐在溪邊聽流水聲……這麼多美好的享受其實是不必花錢的！
（新店花園新城家門口油桐花開）

是國內著名的藝術家。臺灣蘭溪人文自然發展協會雖然是以在地社區為出發點，但是因為舉辦的活動太精彩了，往往吸引了整個大臺北地區的民眾專程前來參加，尤其每年四月到五月母親節為止，長達一個多月的「花蟲季」，藉由油桐花與螢火蟲為名，邀請大家享受大自然的饗宴，如嘉年華會般的慶典，使整個社區有種辦喜事的感覺，更難得的是數十項多采多姿的活動或課程，都是由住在社區的專家們主持。

經由臺灣蘭溪人文自然發展協會這樣長期的耕耘，才能夠讓居民對環境的關愛與對社區的情感很自然的在生活中一點一滴生根發芽。

花園新城當然不是社區發展的特例，其實這些年來，臺灣從鄉村到城市，從山林到海濱，有許許多多的正面力量在各地萌發，我也覺得，社區在現代社會扮演的角色，愈來愈重要。因為以家庭為單位太小；以城鎮或國家卻又太大，在其中民眾無從著力。因此，透過社區可以讓熱情有理想的人足以貢獻所能，而且只要匯集一些具有使命感的居民，就可以對社區發揮相當大的影響力。

因此，幸福的來源，就是踏出家門，邀約街坊鄰居一起做些事吧！

讓我們與生活談和吧！心平氣和的接受人世的一切。
（臺東長濱鄉海邊朋友家門廊）

前些年，在等電梯進診所上班時，無聊的照著電梯裡的鏡子，赫然發現一根閃亮的白髮。

有位作家曾說：「一個人突然在鏡前發現了自己的第一根白髮，其間所蘊含的悲劇性遠遠超過莎士比亞式的決鬥、毒藥和暗殺。」

有點危言聳聽，但對年齡增長與歲月逝去的心驚，在午夜夢迴，其實屢屢「謀殺」掉一個人的情緒。

我想，拒絕衰老和病痛，一個人就不會幸福。因為衰老與病痛總是會來，若為此擔驚受怕，卻又逃避不了，那還會幸福嗎？

因此，讓我們與生活談和吧！心平氣和的接受人世的一切。把春夏秋冬依次過完，這就是所謂年；把身邊的日子一點點過完，這就是所謂人生。就像三毛所說的：

歲月極美，在於它必然流逝

春花、秋月、夏日、冬雪

重新看待老樹

每當我仰望一棵巨大的老樹時，心中總會充滿莫名的感動，想到那麼悠久且堅韌的生命，以及庇蔭了多少的生物在此綿延，就會對老樹充滿感激之情。

美國著名詩人惠特曼就曾經這麼寫：「老樹本身就是地球的殿堂，無須人為的修飾，老樹就是廟宇。」也有一位作家說：「世人所遺棄的角落，常常是上帝的意旨盛行之處。」在寸土寸金的城市中，我們為上帝保留的空間實在太有限了，因此，在社區公園或街頭巷尾保留下的老樹，就更顯得珍貴了。

很多人以為，臺灣是一個島，四面環海，所以我們是個海洋民族，其實，臺灣應該算是一座山從海面上浮起，除了百分之六、七十的面積都是山林地，絕大部分的民眾住家都是與山為伴，所以我們更可以說是山的子民。

也因為地形、緯度及季風氣候的關係，臺灣溫熱多雨，非常適合樹木生長，再加上海拔高度落差非常大，以及位於陸地與海洋的交界，所以臺灣的樹木種類非常多，除了來自大陸北方，也有來自南洋各群島，同時也有屬於寒帶的樹木，也有屬於熱帶赤道地區的樹種。住在臺灣這麼小小的島嶼，就像在逛大型的樹木博物館一樣紛繽有趣。

而且樹木除了可以提供我們果實、木材使用，森林更可以穩定氣候清淨空氣，吸收二氧化碳，產生氧氣，還能防止土石流、山洪爆發，一方面使人類免於水災，一方面也使我們免於乾旱之苦。

同時，大樹自古以來就和我們每個人的生活起居密不可分，老樹也像是時光機一樣，讓我們回到往日時光。許多社區或人們的老家旁邊，目前都還有著令人懷念的老樹，其實一棵樹就代表著一個小小的生態系，從高高的樹冠、樹幹到土壤裡延伸面積廣大的樹根，有成千上萬的物種依靠著樹而生存。社區裡一棵生長了百年的大樹，代表著這片土地，這個環境，這小小的生態系在百年裡都沒有任何改變，大樹是臺灣土地與生命真正的守護者。

可惜的是，現代人忙碌的為生活奔走，為了方便開車以及停車，往往把樹毫不留情的砍除了，少數剩下的樹木也被水泥建築給包圍住，我們在街上來來往往，卻常視而不見。

在社區裡能留下一棵老樹，就有機會讓人重新感受到人與大自然之間的互動關係，真的是非常珍貴的遺產。

一個地方會不會形成我們精神上的故鄉，很大一部分是來自於我們日常生活中的環境是否

老樹本身就是地球的殿堂，無須人為的修飾，老樹就是廟宇。
（臺東知本森林遊樂區）

充滿了與自然生命的互動，因此，都市裡的老樹，不僅對當下的生活品質有助益，長期上也可以凝聚愛鄉土的情懷。

記得有一年生日時邀請了一些朋友聚一聚，當時大家依例要我吹蠟燭講願望，其實我心底真正的願望很簡單：我希望我居住的那個故鄉，那個我們每天生活的城市是一個可以散步，可以沉思，可以坐在樹下讀書或晒太陽的地方。

總覺得臺灣社會最缺乏的就是「從容」與「有情」。因為空間規劃失當，我們無法悠閒的停留，於是整天在街道上來來回回的奔走；同時，我們為了鼓勵消費，不斷蓋大賣場大百貨公司，一棟棟建築物將自然生命趕出了我們的視野，被欲望塞滿的心靈也就失去了柔軟的情感。

讓我們重新看待老樹，也找回屬於自己的鄉愁與人生。

遠的日子近了，近的日子遠了

自從搬到山上後，維持十多年的作息一夕之間就改變了。

每天六點左右起床後，到浴室洗把臉，然後到廚房泡杯咖啡，就坐到陽臺上享受大自然所給予美好的一天。

這幾天雲霧很濃，不管近山遠山都半遮半掩的，躲躲藏藏在蒼茫之中。忽然有一種非常熟悉的感覺浮現，想了半天，原來是當年在馬祖當兵清晨與傍晚坐在宿舍屋頂上看海的情景。

從我們住家文蘊居的陽臺看出去，左側遠處的觀音山，右側的大屯山、七星山，在雲霧的掩映下，像極了在大海中漂浮的一座一座小島。馬祖共有十座小島，我服役的南竿是最大的島，清晨與傍晚，我常常就坐在屋頂上專心的看海，海上遠方的小島，常常也是這樣在海上蒸氣掩映下忽隱忽現。

現在回想，待在馬祖當醫官的一年九個月，是一生中難得的享受。正如作家楊子所說的：「我常想，一生之中應該有一段像拿破崙被放逐的日子，獨自在一個孤島上看雲，沒有工作，沒有負擔，甚至沒有書籍、音樂，也沒有文明。」當然，我的南竿軍旅生涯，沒那麼孤獨，也沒有那麼浪漫。生活中，還是有出操、有訓話，還有正常的門診，當然，更有書籍，還有許多的荒謬與壓力。不過，當我能抽空看看雲、看看海、看看書時，一切就都很美好，可以忍受，可以重新面對。我是很珍惜這段日子的。

還記得剛到馬祖第二天，就輪到半夜的查哨，當我一個人鑽出長長的坑道，忽然看到正前方，就在海平面上，大熊星座勺狀的七個星星，非常亮麗的在一片漆黑中閃爍，我張著嘴，不知愣在坑道口有多久。這大概是大自然給予最令我寶貴的見面禮吧。

從此以後，不管查哨或晚點名，我的眼睛都是望向那神祕且令人神往的無垠星空。

有時候覺得，人的記憶常像弄亂的檔案冊，一些大的事件，不知積壓到哪個角落，以致淹沒無蹤，而許多以為微不足道的片片斷斷影像，竟隨手翻得，輪廓鮮明得彷彿可以超越時間和歲月。

遠的日子近了，近的日子遠了，對時間的感覺愈來愈模糊。

很多感覺和心情，像天上的浮雲一樣，隨風而逝，一去便不復返，這時才深深體會到，我們失去的竟然不只是歲月而已。

我很早就知道，生命中往往是大事易為，小事難成；也往往是難事易為，而易事反而難成。

一生之中應該有一段像拿破崙被放逐的日子，獨自在一個孤島上看雲。
（從住家陽臺望向臺北盆地）

有時候我們以為自己偉大得可以征服世界，有時候我們又知道，即使是最小的心願，也可能永遠無法達成。

許許多多現在覺得微不足道的事情，現在很輕而易舉可以做到的小事，在以後回想起，都將是難得的福分與珍貴的緣分。

有人說，若是自己的書，就會一直擺著，因為隨時可以看，所以就一輩子都沒去看，反倒是借來的書，因為有歸還的壓力，所以總會優先排在前頭就看完了。

從借書看書這麼一件小小的事，可以反省到我們對時間，對生命的看法。很多人以為一輩子很長，以為現在不做某件想做的事，以後還有機會，其實經驗告訴我，人生大部分的事，不是「現在」(now)，就是「永不」(never)，這就是荒野保護協會在志工訓練時之所以不斷強調「行動」的原因啊！

Now or never，因此我會認真做每一件值得做的事，真心對待每一個相遇的人，因為每一段時光，都是永不再來的緣分啊！

很想就這麼閒下去

印象中很多年沒有過這麼冷的冬天。若是不想與人趕著上合歡山看下大雪，躲在被窩大概是最好的選擇了。

當整個春節連續假期像繭一般裹得厚厚的，只露出眼睛看著書，不免想起生物的冬眠。滿懷念古人所謂春耕夏耘秋收冬藏，四季分明的起承轉合，寧可人類也有冬眠，不要二十四小時全年無休的商店，不要沒有時差的國際化全球運籌。

若是一年中有那種全部人類都停下腳步一起冬眠的季節該有多好。大家可以心安理得的休息，不用擔心遠在千里外的競爭對手不眠不休的加班。

春節假期看了整整六天的書，沒有打電話、看電視（家裡原本就沒有電視）、沒有聽收音機，頂多就是飯後和雙胞胎女兒在空曠無人的社區裡散步。

很想就這麼閒下去。

腦海中忽然想起鹿橋的《未央歌》。在書末的尾聲中（也算是後記吧），鹿橋說：「我的歌唱完了，我的心也閒了。……歌名未央，我卻開口說：我的歌唱完了……」

人哪時候可以真正的無牽無掛，心真正的閒了呢？雖然形體是閒下來了，但是心情有真正的悠閒嗎？

我有個怪癖：不喜歡接電話，也不願意打電話（我習慣碰面談跟寫信），身上除了手帕、鑰匙、皮夾及眼鏡布，不帶其他東西，因此也沒有記事本等等東西，完全像個「古代人」。若是「離群索居」也就算了，偏偏多年來除了上班，我的會議或活動實在多得不得了。

沒帶錶的日子已有十多年，行動電話往往只用在參加活動與人碰面前確定位置的「無線通話器」，多虧朋友們的體諒，把我當成瀕臨絕種的動物在包容著。

其實，我對我的怪習慣也有個「哲學」可以解釋。我全身上下沒有電子的東西來干擾，可以讓思想與心緒沒負擔，同時對於所有長期的壓力與約會盡量不掛在心上，只注意每一天，最多是這個星期有什麼活動，然後對於每個活動每個當下專心參與。講好聽是享受每個當下，不花無謂的心思去操煩不可控制的未來。

或許，以這樣的心情，我才能夠自在的過生活；若常常想到我們每天煩累的生活節奏，以及各種工作、職責的壓力，或許會讓我日子過得了無生趣。

很多人很好奇我不接電話，不戴手錶，怎麼可以在現代裡存活呢？他們哪裡知道，就是不記行事曆、不接電話，我才能夠快快樂樂，心無掛礙的活下來啊！

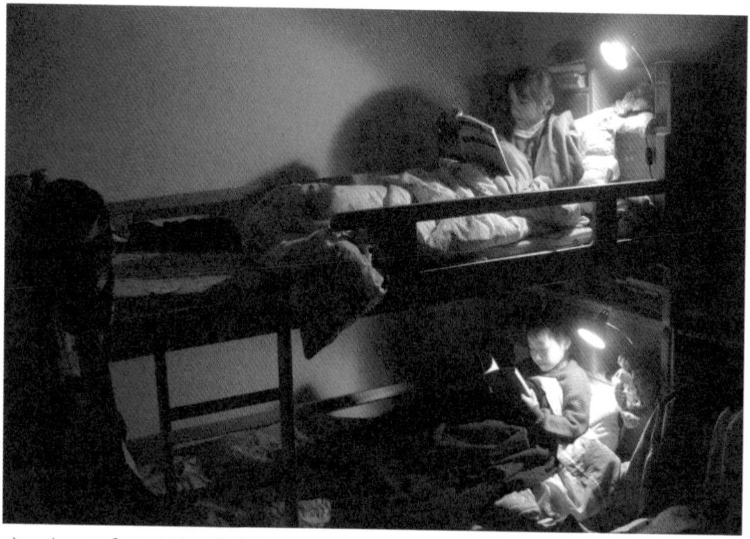

這一生，只是個過程，學習的過程，只是為了學習慈悲與智慧。
（雙胞胎女兒的睡前閱讀）

很多人以「熱情、積極」來形容我，其實我是個最懶最悲觀的人（學生時代，暑假窩在不到三坪的宿舍，為了懶得出去吃飯，曾經一整個星期吃泡麵餅乾過日子）。對於人生，我是沒什麼進取心的，因為我是很悲觀的，根本不相信人生有什麼成大功、立大業的偉大功績，對於所謂功名利祿，多有權勢、多有財富，我知道終究都是一場空。

很多年來，我常常問自己：「生命的意義是什麼？」

目前，我給自己的答案是：「這一生，只是個過程，學習的過程，只是為了學習慈悲與智慧。」

慈悲，在人世的作為上，我認為善意的傳播或許就是慈悲的具體表現。同時為了求得智慧，所以我每天要求自己要閱讀、要反省。

不過，雖然對人世追求的東西興趣不大，可是這些年還是整天東奔西走，成為一個行程排得相當滿的環保志工，只有每天晚上與清晨有屬於自己的時間。

很多朋友會好奇：「你所為何來？」

在默然無語中，腦海就會浮現曹孟德的〈短歌行〉：

青青子衿，悠悠我心，但為君故，沉吟至今。

多年來，常常想到此句，有些悲涼，可是往往卻在這悲涼的滋潤下，又重新獲得一些生命的力量。

你相信輪迴嗎？

相不相信都沒關係，但是我們都知道人是會死的。

每個人都會死，但是有些人卻從沒有活過。

有很多人，他們基本上活著，只是為了等著被埋而已。這句話很殘酷，卻不得不承認的確是事實。

知我者，謂我心憂，不知者，謂我何求。汝其知我！

你在忙嗎？

常常聽到朋友彼此招呼：「最近忙嗎？」這句話已取代了「你吃飽沒？」成為現代人打招呼的用語，就像美國人見面互問 "How are you?" 純粹只是打招呼，彼此並不期望聽到除了 "Fine, thank you!" 之外的回答。

因此，現代人不敢說不忙，就像以前別人問你「吃飽沒？」你就算肚子餓得咕咕叫，也得回答說：「吃飽了！」

可是我偏偏死腦筋，每當有人問我：「在忙嗎？」我總是會認真的思索：「我在忙什麼？」

我從來不願意說自己忙，雖然總是有一大堆事想做，雖然總是嫌沒時間，但是我期望我不要以「很忙」來當作逃避面對自我的藉口。

從外觀看，白天我幾乎沒有一刻停下來，不是在做事，在流血流汗（看診時病人流血、我流汗），就是在讀書。曾經，我過了好幾年以秒計時、以分鐘為計量單位做每件事的日子，雖然這十多年已完全不戴手錶，但是潛意識裡，做事的速度與效率仍常鞭促著自己。可是內心裡，我總是悠閒的，或者是期待悠閒的。

我很贊同有位作家說的話：「一個過分忙碌的人，會喪失愛人的能力。」因此，每天夜裡，當社區附近森林裡的黃嘴角鴞開始鳴叫時，就是我讓自己完全閒下來面對自己的時刻。

其實，在白天緊湊生活中，我應該還是不算忙，因為探究起來，我總是「閒別人所忙，忙別人所閒」。

◆ ◆ ◆

常常有各種媒體，有許多相識或不相識的朋友詢問我說：「你為什麼要花那麼多時間在當志工？」「你那麼忙難道不累嗎？」

對於這些問題，我在不同時候，對不同對象，可能都有「隨順眾生」的不同回答，但是，每當別人詢問一次，我就在內心反省一次，確定自己知道自己在幹什麼。

的確，有時候會非常疲憊，雖然我總是說「一生玩不夠」，總是說「希望大家在從事有意義的事情時，也要很快樂」，總是說「大家必須自願且沒壓力的從事服務工作」……可是，老實說，為了讓大家沒有壓力，往往我的壓力還頗大的；雖然說都是在玩，但是有時還真的

單純的忙碌並不會使人疲憊，反而太閒，才會有懶散性的疲乏。
（荒野保護協會為了保護花蓮海岸所舉辦的活動）

是頗為疲憊的。

單純的忙碌並不會使人疲憊（有人說這一件事做累了，換另一件事做就是一種休息），反而太閒，才會有懶散性的疲乏，可是當忙碌加上壓力，再加上實質體力的過度消耗，那種疲憊感的確是相當大的（壓力來源大半是求好心切，或者是時機的迫切感等等）。

有時候非常疲憊，幾乎想撒手什麼也不想管時，總會回想起以前，三十多年來，曾經在做各種義務服務時也有許多這樣的時刻，當時撐過去了，現在回首一望，覺得那些日子是豐富的，是令人感恩的，這些回顧令我有勇氣再走下去，也對現在的困頓覺得可以忍受度過了。

因此，親愛的朋友，千萬不要問我：「你在忙嗎？」

說走就走

暑假期間有許多朋友離開工作崗位去旅行，其實是想離開城市，離開人群，這種念頭相信常常浮現在整天處在過度喧囂的都市人的腦海中。

一直記得蔣勳在一篇文章中提到：

「不知道為什麼，許多朋友到了中午，會忽然懷想起青年時候讀過的《流浪者之歌》，也許是再一次出走吧？從叫囂的聲音中出走，從憤怒的人群中出走，從極端的愛恨中出走，從扭曲變形的臉孔中出走，走向一片寬和平坦的心境中去。」

也有人說這個世界所有美好的事物都在流浪。是的，流浪，流浪的感覺就是好奇、喜悅，與恐懼、哀傷之間的情緒。

行走是流浪的起點。

說走就走，是人生中最華麗的奢侈，也是最耀眼的自由。現代人的生活太忙碌了，工作壓力太大了，因此內心中不時會浮現出走的欲望，會響起流浪的呼喚。

我們知道，逃離現實，走向未知和不確定的冒險之旅，等在我們前面的，雖然有著無限的可能，但是同樣有著粉身碎骨的危險，或許我們唯一可以確信的是，我們不會在城市中灰暗沉寂的老去。

我們或許無法像哲學家桑塔耶納——據說有一天他正在哈佛大學教課，見到夕陽照入課堂內，突有所感，一手扔掉粉筆說：「我與陽光有約。」隨即步出課堂，放棄人人稱羨的工作，悠遊於世。

這種出走，我們沒有勇氣，但是休長假，到一個沒有人認識你的地方，短暫脫離城市生活，也多少能滿足一點心中的夢想。

我想，出走真正的意義是為了找到心靈歸宿，因此，一切的追尋，其實是為了在過程中體驗到自己，所以，眼中的風景，常常只是自己的一種心情。

或許，真正的發現之旅，不是尋找新世界，而是用新的視野看世界。

因此，旅行不只是從一個地方到一個地方的活動，更是一個人尋找自己內在心靈的過程吧！在旅途中，我們可以安靜的面對自己和這個世界。

達爾文曾講過一句名言：「旅行是種子的信仰。」透過旅行而傳播生命，這是有形的生命繁衍，在無形的概念上，我向來都以種子來象徵著我的信仰，就如同梭羅所說的：「雖然我不相信沒有種子的地方會有植物冒出來，但是我對種子懷有大信心，若是讓我相信你有一粒種子，我就期待奇蹟的展現。」

是的，只要人在路上，不斷行走，我就相信奇蹟的存在。

說走就走，是人生中最華麗的奢侈，也是最耀眼的自由。
（南投溪頭森林遊樂區）

在每一個呼每一個吸之間尋找休息與平靜。
（新店花園新城住家書房）

我雖然沒有特定的宗教信仰，但是不管什麼宗教或民族習俗，只要是節目，我都喜歡那種過節的歡樂氣氛。而且，過節可以讓我們在日復一日月復一月的漫長歲月中，有個起承轉合的分段點，讓我們可以駐足，可以反省，可以重新再出發。

這些年來的生活節奏，像樂譜中的極快板，偶一駐足，看看身邊的朋友也一個一個像是陀螺般轉個不停。只有想開一點，既然忙碌是必然的，那麼就在活動的每一個縫隙，甚至在每一個呼每一個吸之間尋找休息與平靜。

歸零的中年男人

總是覺得，擁有許多好朋友是我們能給自己最好的禮物。

但是朋友又分為許多種，比如因工作上來往，比如社會脈絡連結的（同學、親戚），還有就是除掉以上兩種，屬於生活上不為什麼而互相往來的。當然，依熟識深淺又可分為新朋友、普通朋友及老朋友。

老朋友最棒的地方就是自在，像是舊鞋子、夫妻、老狗一樣，是我們生命困頓時，不可或缺的支持力量。

羅素有一段話，講得非常清楚：

「隨著我們年齡的增加，與我們格格不入的事愈來愈多，由於四周的朋友對我們過去的一大段生活一無所知，我們過去日益增加的經驗便從平日個人的交往中被排除掉。隨著年齡的增加，人感到更多一層的孤獨是不可避免的結果。而當碰到以前的老朋友時，這種孤獨感會突然消失。」

可是老朋友會逐漸凋零（失去聯絡、移民、死亡……），唯有不斷在人生各階段去認真生活，為社團付出（為了理想為了公益而努力的，想必也是熱忱且純真的人，當然也會是生活上的好朋友），結交一些新朋友，然後隨著歲月的浸潤而晉升為老朋友，人生之樂，孰大於是？

周邊有一大群認識二十年左右的朋友（應該說是從二十年至三、五年不等），大伙從初入職場的青壯年，隨著老花眼的到來，不得不承認自己也來到了中年了！

總覺得在臺灣的華人，是全世界華人中最浪漫的，而中年人更是各種年齡中最懂得享受生命的階段了。因為在人生前半段，除了事業衝刺之外，孩子還小，而且有許多人仰賴著自己，有許許多多的責任；至於人生最後階段，也許必須依賴別人，只有中年這個階段，是最自在的歲月了！臺灣許多中年人深深體會到這一點，於是像個男孩般，不在乎別人的眼光，勇於冒險，追求自己的夢，我想這不是附庸風雅的復古，也不是不服老的勉力去抓住青春的尾巴，因為這些中年男孩即便玩都玩得很認真，說是玩，是有別於社會評價的功名利祿，但是當他們在做一件「不符合成本」的事情時，就像孩子在玩遊戲，是非常認真，也從中享受到很多精神上的滿足。

之所以會有如此的感慨，一則是我自詡「一生玩不夠」為我的座右銘，這幾十年跟著一大群朋友也在生活中、社會服務參與中，盡力玩出生命的精彩，如今大伙都來到五十歲上下，在面對生命的下半場時，不免想著：「再來大家可以一起玩些什麼？」

二來是，當年一起闖盪打天下的老伙伴把已停擺、我早年主辦的讀書會「民生健士會」改頭換面，將近年不定期的聚會訂了個名稱：「夏瓣生聚樂部」（下半生俱樂部，summer wine club），讓彼此較容易聯繫通知，也可以歡迎新血同好的加入。

是的，我們是一群歸零的中年男人，拋開過去的成就等等包袱，讓生命中有放牛吃草的閒情，因為只有放空，才會遭遇到神祕、不可預知的可能。

是的，我們對未來沒有行程表，沒有期待，讓生命領著我們遭遇一切會遭遇到的。

再來大家可以一起玩些什麼？
（新店花園新城住家陽臺）

繁花將盡

是啊，一切都會過去，可是儘管一切都會過去，活著的人還是得繼續活下去。
（法國夏慕尼滑雪勝地）

接到學生時代同班同學的訃聞情緒是很複雜的，更要命的是，已經接連好幾年，每年都有這樣的訃聞。其實早該有這樣的心理準備了，因為已經很久沒有收到喜帖，偶爾出席的也是朋友的孩子的喜宴。

就在這種惆悵氛圍裡，這些天睡前從床邊隨手「撈」到的書居然是卜洛克的《每個人都死了》以及馬修史卡德系列最近的一本《繁花將盡》。

睡前的書對我而言是很講究的，不能太嚴肅，但是也不宜太輕鬆，不能太枯燥，但是也不能一看就非得看完不可搞到無法睡覺的書，因此不斷隨手重讀卜洛克的小說以及福爾摩斯探案，往往是我入睡前一刻共伴的選擇。

在《每個人都死了》這本書裡，看到一段話，抄錄於下：

> 如果能夠的話，過去的事可以被改變或重來。
>
> 阿傑坐電腦前逢到想法改變時，他可以按某個鍵，

不做前面的動作，然而，就好幾年前一個迷彈珠臺的小子跟我說，人生最要命的就是少了個重來的按鈕。

已經做了的就不可能不做，它已鐫於金石，刻於碑銘。

奧瑪・開儼幾世紀就寫過了，而且講得如此精準通透讓我想忘都忘不掉：

揮動的手指書寫；而且書寫完成
仍繼續揮動；既非你的智慧抑或你的虔敬
能令它更改半行
你所有的淚水亦不能洗去任何一字
如果能夠的話，事情就不會這樣
如果能夠……

另外在滄桑的落魄偵探馬修結束每個人都死去的事件之後，他又說了一段話：

我有個好一段還不賴的老日子，有些事我做了，但很後悔希望自己沒做，也有些事我沒能做，但頗懊惱希望自己做了，然而終歸來說，就算可以改變這一生，我也不要，更何況話說回來，畢竟你也真的不能，不是嗎？

你全部淚水也洗不去任何一個字……

「是，」我說，「是真的不能。」

「我很走運擁有我所有的這一切，如果這一切得告終，那就讓它告終，我看過太多人死去，不會再懼怕死去的過程，若說會痛，呃，生活裡會痛的可多了，我不怕這些。」

這本書是在接到訃聞當晚看到的，隔兩天，在《繁花將盡》這本書看到最後一段話如此寫著：「我們其中之一常會站在朝南的窗邊，凝視著遠方。我不確定伊蓮看到什麼，甚至也不確定我自己想看到什麼。或許我們是在眺望過往，或望向未來。或者，我有時想著，我們是在眺望著不確定的現在。」

所有花都會落盡，就像所有人一定都會死去一樣，但是推理小說開山始祖愛倫・坡曾經這麼寫著：「你的幸福時刻都過去了，而歡樂不會在一生中重來，唯獨玫瑰花一年可盛開兩度。」看來花似乎比人還來得好。

是啊，一切都會過去，可是儘管一切都會過去，活著的人還是得繼續活下去。而且每日、每時、每分，都得去面對著生命，同時，也總要把活著當作還有意義！

享受孤獨

有一個幽默作家曾說過：「一個懷抱救國救民的熱血青年，常常在一個下雨的日子裡就不知該如何是好！」人很難擺脫周圍情境對我們的影響，范仲淹的「不以物喜，不為己悲」或許只是聖人的理想，凡人如我，要超越環境對我們情緒高低的左右力量，恐怕不太容易。

總覺得，我們之所以寂寞，常常是因為我們跑到人堆裡去了！

在臺北近郊的山上眺望著擁擠不堪的都市，心想是不是所謂城市，就是千百萬人聚在一起，卻過著孤獨生活的地方？

在印度的哲學裡，隱士般的孤獨生活是成熟階段的人所應該選擇的生活。在《奧義書》這部經典中就明白的規定，每一個男人，在到達一定的人生階段之後，就應該拋棄家庭和財物，遁隱到森林裡去。

梭羅曾這麼說：「我從未有過像孤獨這樣好的良

孤獨是分離的個體，寂寞是意識的孤島。
（南投桃米社區荷花池裡的枯荷）

伴。」拜倫這麼寫著：「在孤獨中，激起感情萬千，在孤獨中，我們最不孤單。」康德也如此說：「我是孤獨的，我是自由的，我就是自己的帝王。」

孤獨是必要的，因為孤獨可以使生命恢復完整，可以回到自我的根源，求得身心安頓。

在近代，所謂新時代思潮中，提倡每天至少靜坐一段時間，想達到的大概就是「孤獨」的境界，從而找回與天地相接，體會萬物一體的神性吧！

梭羅也這麼說：「若是一天裡有幾個時段可待在自己的空間裡，完全忠實的面對自己，真是一大釋放，它們可以讓一天的其他時間變得活躍起來！」

看來我是很幸福的，每天有很多很長時段的獨處，事實上這已經是我非常重要的精神支柱了！

但孤獨與寂寞不同。

孤獨是物理狀態，寂寞是心理狀態；孤獨是分離的個體，寂寞是意識的孤島。

在孤獨中，才能與自我對晤。

在許多原住民的成年禮中，都有獨自一人在森林中度過幾天的要求。童軍運動中，在晉級訓練中（升授銜羅浮），也有守靜的儀式（一個人點著營火在森林中度過一晚）。

以前，在每個寒暑假，我總會找一段時間獨自隱居在學校旁的農舍中。

看看天空，數數雲彩，翻翻閒書，作作閒夢，洗洗衣服，人是需要空白的。

有空白的日子真好。

總覺得自己在飄泊浪蕩，許許多多的夢都佇留在心底，也就是偶爾撩起或那麼驚鴻一瞥才能尋著些源頭。

離開學生生活，沒有了寒暑假，在忙碌緊湊的生活中，愈是感覺到，有個作閒夢的空白心情是多麼不容易，有段作閒夢的日子又是多麼的好。

現在只能每天在陽臺上坐一會，然後念幾首詩，讓自己的心能空曠寧靜。

年輕時，不能體會蘇東坡為何會寫出「多情應笑我」這樣不明不白的句子，如今大概能懂得，呵——是啊，多情應笑我，笑我青春轉老，笑我歌哭無常！

是以歌哭無常，在最繁盛時落淚，在最痛苦時微笑！

赫胥黎在《美麗的世界》的話令人深思：「我要擁有不幸的權利，有匱乏的權利，有種種不可言說的痛苦折磨的權利……若我們活在一切完美、一切順遂的環境中，那毋寧是一種窒息般的繭，人世間沒有永遠的烏托邦，只有無盡的自我追尋的旅程。」

退伍後就逐漸往郊區搬家，現在已經算是住到山裡頭了。想起清末民初的畫家齊白石有一次有了一點小錢，他就買了小小一塊地，幾間瓦房，旁邊有一座山，卻不是他的，他便給自己署名「借山主人」。

我比齊白石幸運，我不只借了一座山，我有一整列山，從左到前到右，環繞臺北盆地的山我可以看到一半以上——再加上一條新店溪。

每天晚上泡杯茶或早上起床泡杯咖啡坐在陽臺上，在天地的縱容裡獨占了這整列山，整座山谷，整個天空，我，是又孤獨又豐富！

不在乎的人最自在！（花蓮朋友家的草坪）

曾經聽某個離開政治圈的朋友說，現在不參與政治，不選舉了，所以可以不那麼彬彬有禮，那麼逢人就打躬作揖，因為「不選的人最大」。

聽了覺得很好玩，想到古人說的：「無求品自高。」當你對朋友、對權勢不去盼望得到什麼時，人品氣節才能自然顯現。

這幾年接觸大自然，同時也花很多時間在閱讀和沉思，忽然發覺自己生活愈來愈簡單，對很多有形無形的追求愈來愈不在乎，吃什麼都好，穿什麼無所謂，住哪裡都可以，不是不追求品質或不去花錢，而是什麼都好。

這些年自己反省，並不是什麼致力於修身養性，培養高超道德……這樣的追求，而是突然覺得自己是「不在乎」！

哈！原來—不在乎的人最自在！

怕死的人往前坐！

沒有死亡的生命，就等於完全沒有生命，它只是一種凝固著的狀態。
（法國巴黎街道巷弄中）

我是從十多年前荒野保護協會成立之後開始吃素的，原先是基於環保，為了減低對地球資源耗損的因素，後來發現減少吃肉對健康也大有幫助，於是就在自己家裡辦的讀書會中邀請醫生朋友來現身說法：一個原來肥胖、痛風，並肝腎都出問題百病纏身的人，在注意到飲食之後不藥而癒的歷程。

想不到引起非常大的回響，隔一個月又再度以飲食醫學作為討論主題時，有位朋友在演講之前開玩笑的喊：「怕死的人趕快往前坐！」也有人鐵齒的說：「要死就死，連吃什麼都不能自由，那活著還有什麼樂趣啊！」

這些話乍聽或許言之成理，但是實際上好好照顧自己的身體並不是怕死，反而是希望能夠「好好的死」，因為看了太多因病痛折磨的辛酸苦難，自己受罪也就罷了，可是久病造成的卻是家人的負擔，也常帶來沉重的社會成本。

年輕時候不知道健康的可貴，記得三十來歲時，即便二、三天沒睡，等忙完後睡飽一晚，身心狀態立刻恢復，沒有任何異常，可是這二、三年，年紀來到五十，只要一天沒睡好，往往接連二、三天精神就不太好。當年輕時，我們有本錢揮霍，偏偏慢性病就是慢慢累積到一定程度才會有癥狀出來，而所謂慢性病就是「治不好」的病啊！只能「預防」並且「控制」不要惡化，是很難用藥物「恢復健康」的。

周邊有許多朋友在年輕時是到處嘗鮮的美食主義者，可是到了四十歲以後個個成為「狂熱的有機分子」，天天吃「草」不以為苦，我想這是因為年紀到了，開始可以感覺到「身體的存在」，以前不知道有眼睛的，直到受到乾眼症之苦；以前也不知道膝蓋是幹什麼的，直到關節逐漸退化了，才恍然體悟到膝蓋的存在。

也因為年輕，我們可以很勇敢的說：「我高興怎麼過是我自己的事，死就死，誰怕誰？」問題是若說死馬上就死，那沒話講，可是慢性病在現代進步的醫療技術之下，保證讓你不會很快死（可是又保證絕對醫不好），就這麼拖上幾十年是常有的事，自己沒有生活品質沒有尊嚴也就罷了，可是往往會拖累了周遭最珍視的親人，一個家庭往往因為一個人的宿疾而整個垮了。

因此，珍惜生命，並不是怕死，反而是很勇敢的面對死亡。

中國人有一句詛咒別人的話叫「不得好死」；反面來說，在世時健康的活著，年老時好好的死去，這便是一件好事，是很大的福分。文天祥曾說過一句話：「存心時時可死；行事步步求生。」意思是說，只有常常想到死亡，我們才會好好活著，也只有為死亡做好準備，我們才不會留下遺憾。

許多人很避諱談論死亡，我卻覺得只有真實的面對死亡的必然，我們才有可能珍惜生命，盡心盡力活出自己，點燃對生命的熱情，完成自我獨特的生命意義。可惜許多人都不相信自己有可能「不久於人世」，大部分都表現得好像會永遠活在世界上一樣，所以總覺得不滿足，耗盡心神追逐對自己沒有真正意義的事物。

◆　◆　◆

常在親朋好友之間，聽到一種說話的模式：「因為……所以才無法……」這表示人類的有限性。因為忙碌，所以無法參與；因為要養家活口，所以無法實現理想……人類的生命實在非常有限，生存的條件實在非常嚴苛，這些也實在都是事實，不過，在想著這些現實的無奈時，卻想起一個有趣的例子：美國普林斯頓高等研究院是專給一些教授研究的地方，那些教授們不必負擔任何塵世瑣碎的勞務（如在學校任職免不了的教學、考績……），擁有最好的待遇與最好的研究環境，不必有任何責任或義務，只期望他們為人類文明再貢獻一些（能被聘到此研究院的當然是過往已有非常超卓的創見與貢獻）。

可是吊詭的是，一旦免除所有可能的藉口之後（比如教學太煩沒空研究……），那些大師們竟然沒能再有什麼偉大的創見（那個研究院裡最著名的一位學者就是愛因斯坦）。

很久以前看過一篇科幻小說，假設人類生命變得無限長，結果是喪失了所有的渴望與進取創造之心，換句話說，沒有死亡的生命，就等於完全沒有生命，它只是一種凝固著的狀態。生命的可愛，就是它的有限；自由的可貴，就是生命本然中的種種限制。

中國的律詩絕句詞賦對子，是在多麼嚴苛的限制下創作，在如此窒礙的限制下卻有多少奔放意境的超卓作品產生，可是一旦所有限制取消之後的新詩，卻常常喪失掉文字的魅力。

有了這些思索，當我要再說「因為……所以」時，就會再進一步質疑自己：當去掉了「因為」之後，是不是真能做到那個「所以」？

與時間和解

晚秋的午後，和幾位朋友到花園新城的油桐花步道散步，從蜿蜒的山徑繞過溪澗，回到柏油路上，在轉彎前，忽然一輛車子從後面駛來停在我身邊，叫住了我。哇！居然是二十多年不見的高中同學——葉公。

好驚訝，也好高興，在浪漫的秋天裡不管什麼事都可以理所當然的發生的吧！

高中時，班上我們這一小群人算是比較要好的。雖然組合有點奇怪。葉公是喜歡看古書及近代史的怪人，還有一位專看外國期刊想留學國外的人，還有的是喜歡打球，無憂無慮的。我呢，是所謂忙著社團、班務、校務的「職業學生」。

從高中到各自考上不同大學的那些年，每年十二月三十一日我們總會找個地方碰面，喝酒聊天到天亮，然後走路到總統府前參加升旗典禮。

那是段不知天高地厚的年紀，那也是意氣昂揚的青澀歲月。在那杯酒交碰中，偶有人提到，四十歲時，我們會變成什麼樣的人？

啊！歲月如飛！

轉眼大家都過了五十，那些曾經一起編織夢想的天使，想必如今一個個都識時務的在人間忙碌著。該怎麼說別後情節呢？是不是大家碰面得重新辨識，說說彼此頭銜？那些少不更事的往事是否早已封存在內心那不可碰觸的地方？

經過了三十年，什麼功成名就，立功立業，現在一回想，竟然不是我所在乎的，很好笑，最近一直記掛在心頭的卻是想問一下所有的老朋友：「你喜歡現在的自己嗎？」會不會在追逐中，或者怠惰中，或者身不由己，或者不知不覺中，我們慢慢變成了一個自己也不喜歡的自己？

雖然偶爾工作成就會帶來虛榮或滿足，雖然兒女成才會讓我們有找到生命重心的錯覺，但是你喜歡現在的自己嗎？

我們會沉悶、無聊，我們想找樂子，但往往只是找到更多的空虛，你喜歡現在的自己嗎？或許，這個社會，有太多人用太多時間去議論別人，卻很少人給自己一些時間思考。這個世界，有太多人去追逐模仿別人的生活或流行，卻很少人願意去品味自己的人生啊！

這些年總算學會與時間和解了。

嘗試以一些生活習慣來讓自己「活在當下」、「享受當下每一刻時間的流轉」。所謂習慣，包括不戴手錶，讓自己隨著感官與自然律動生活，不去煩惱過去，也不去擔心未來。

對了，如何不去想過去，不去想未來呢？那就是想像自己如同大船船艙裡一格一格的水閘門般，事情到了，才全心應對這一件事情，事情過了就再不去想它。比如說，每一個邀約或會議或演講，我會先估計所須準備的時間，然後在時間到的那一刻才開始去面對。同時，我不用行事曆，好讓自己隨時都覺得自己很閒。

以前，把時間當作對手，拚命想利用它，將時間分割得片片斷斷，經常一心三用、四用，也會用碼錶計時，以十五分鐘為單位，並記錄做了那些事。這十多年來剛好擺向另外一個極端。或許因為一次只做一件事，並且已經練成很容易就進入專注，所以很不喜歡接到電話，就是害怕從「忘我」的情況中被打斷，被拉回現實。

張讓曾寫道：「事事緊急，我們的時代是時間荒原，被分秒綁架，時刻身不由己。除了由這刻驅趕向下一刻，在時間縫隙間無法聚焦定影。」

住到山上後，在山間步道或溪邊小徑散步，坐在陽臺聽各種鳥叫聲，看著遠遠近近數十種層次的綠，感覺大自然裡的時間以亙古不變的律動進行，徐緩，從容。

在自然裡與時間和解。

在自然裡與時間和解。（臺東知本森林遊樂區）

繼續玩耍到地老天荒

喜歡朱敦儒的詞，也被收在《七俠五義》卷頭：

日日深杯酒滿
朝朝小圃花開
自歌自舞自開懷
且喜無拘無礙
青史幾番春夢，紅塵多少奇才
不須計較與安排，領取而今現在

並不只是那種今朝有酒今朝醉的頹廢，那是有種看透人生、積極努力卻又不執著的心境，當然，《七俠五義》與《未央歌》這兩本書我都很喜歡，主要也是其中那種朋友之間的溫馨情誼。

現代的人際關係，一旦面對現實，就很難有真摯醇厚的情感。於是，每天除了有限的家庭生活（想想你在家裡與家人真正的「談話」時間有多少），就劃分成同事關係、客戶關係……雖談不上爾虞我詐，但是為何每天與一大堆人碰面，心靈卻愈空虛？

曾經，老友相聚在家裡，有人說：「真好，又跟大家碰面了！」

大伙來來去去，但是總是有些人聊到天亮。雖然年紀大了，體力這樣消耗有點吃力，但是大伙不到半夜總是捨不得走。

真的是捨不得走，捨不得離開朋友相聚的自在溫馨及無話不談的隨興。

其實這麼多可以共同成長的伙伴原先也是來自四面八方，彼此不認識，經數十年，每一、二個月碰一次面，也就從陌生到熟識，到無話不談。

雖然很早就知道俗諺所謂的「天下沒有不散的宴席」，但總是貪心的希望能與朋友家人長長久久的相聚，也往往會以為現在的美好時刻會繼續下去，總是不願去看見「滄桑」才是人世間的真理，所有因緣聚合的一切，必會散去，包括我們這個血肉之軀也終會告別世界。這樣的體會並不會使我消沉，反而會更加珍惜眼前的一切，因為我知道在亙古的時空中，我們擁有的一切，都如同露珠般易逝。

會有這樣的感懷，是因為即將舉行荒野保護協會的週年慶，伙伴們要我找出一些「古老」的相片。當我翻找資料，當年的情景不免又歷歷在目，也不免懷想起許多的老朋友，不知如今都安好否？

記得當年還是用底片拍照時，總會把活動的相片加洗送給伙伴，我喜歡在背後題些字。我

是啊，總是好想告訴人們，有一年啊，有一個地方，有一群人……
（中國內蒙古額爾古納河邊野餐）

滿喜歡題上這段話：「生命是一場認真的遊戲，我們有緣，繼續玩耍到地老天荒。」從這一句話，也可以見到我的貪心了。

余秋雨寫過這一段話：「一過中年，人在活著很大程度上是為朋友們活著了，各種宏大的目標也許會一一消退，而友情的目標則愈來愈強硬。報答朋友，安慰朋友，讓他們高興，使他們不後悔與自己朋友一場。所謂成功，不是別的，是朋友們首肯的眼神和笑聲。」

總是覺得，人生最真實快樂的事，無非是好友相聚，沒有目的，沒有顧忌，可以忘我的說話，胡亂的發表意見，盡情傾訴心聲。可是，往往年紀愈大，朋友愈少，能分享內心最隱密想法和感覺的朋友愈少，這也是人生的蒼涼之一吧！

我算是幸福的，一直有許多朋友從年輕相伴到現在。「相識時我們是那麼年輕，要老，我們一起老吧！」這句話，是這麼令人心驚，也令人心動！

除了這三、四年自個兒非常忙，之前二十年，幾乎週週都會與朋友們一起辦活動，一起喝酒秉燭夜談，當年的我們，只要有這麼一群朋友相挺，似乎什麼夢都敢做，什麼困難都不怕。

記得某年春天，藉著新書出版，邀集當年參與荒野籌備的民生健士會老朋友到苗栗的「花自在」民宿聚會，一群年屆半百的老骨頭，重新又拾回當年聊天喝酒至天亮的豪情。

看著這群有點失態的大人，遲玉堃與林國香賢伉儷的小朋友遲蘅偷偷跟媽媽說，她很羨慕我們有這樣一群從年輕一直相伴玩一輩子的朋友。

是啊，我們是很幸福的，不過，在荒野裡，其實也有無數的伙伴都擁有如此的幸福，每個志工團隊，每個小組，不都是如同家人般，一起活動，一起付出，一起成長，然後各個志工家族再組成荒野這個大家庭？

荒野這次週年慶邀請了在荒野裡認識而結婚的伙伴出席，也邀請了在荒野這個大家庭誕生的孩子擔任主持人，這除了有傳承之意，也是我們都是荒野大家庭一分子的隱喻啊！

是啊，總是好想告訴人們，有一年啊，有一個地方，有一群人……

邀約

常常很感慨，臺北人碰面，不是在會議桌上，就是在餐廳裡，就算要聯誼，往往也是關在暗無天日的KTV包廂裡朝同一個方向嘶喊，彼此並不交談。

於是，就會想起早年李佩菁唱的歌：

我願好友都能常常相聚首，
對著明月山川相問候……

邀請朋友到花園新城裡走走，大概就是這樣的心情吧！

文蘊居是個非常普通的傳統公寓，特別的是從房子往外看的景觀以及附近的自然資源，比如說，在門口停好車，開車門時都得注意看看會不會撞上掛在樹梢的青竹絲。離房子不到一百公尺就有一條森林步道，沿著步道走，越過蘭溪，就是很漂亮的油桐花步道，沿著溪還有許多野薑花。整條步道慢慢走，約四十分鐘可以走完，因出入口很隱密，所以走的人並不多。花園新城裡像這樣的森林步道或溯溪路線，起碼有三條以上。

因此，邀請朋友假日到家裡玩，是希望大家在忙碌的生活之餘，停下腳步，接近山、接近水。

傍晚時，回到文蘊居，坐在陽臺上，看落日在臺北盆地的西側落下。

然後，就著逐漸上升的明月與清風，在天籟之下閒話家常。

或許不見得像余光中所寫的詩：

酒入豪腸，七分釀成了月光，

剩下的三分嘯成劍氣，

口一吐就半個盛唐。

但是，我確定，在文蘊居的陽臺越過臺北盆地眺望正前方的觀音山時，會有「幾重山隔幾重水，一日身閒一日仙」這種偷得浮生半日閒的自得。

啊！初識時，大伙是那麼年輕，將來要老，我們就一起老了！朋友之間的萍水相逢，是可以這樣一生一世啊！

我知道大家在生活中為三餐奔波，都很忙，但是我很珍惜每個與朋友們相聚的時刻。

有時，大家會說隨緣隨緣，但我總認為，緣是隨願而生的，有願就會有緣，沒有願望，就

幾重山隔幾重水，一日身閒一日仙。（從住家陽臺眺望臺北夜景）

是有緣也會錯身而過。

要惜緣。因為今生的每一個因緣，不是那麼容易獲得的，只有惜緣的人才能坦然無悔，才知道人世間每一個小小的因緣都是無限時空中多難得的恩寵啊！

佛家有一句話：「乘願而來！」

很美，我很喜歡的一句話。

常常有人會說：「人人皆有佛性。」荒野人都喜歡說「萬物一體」（千年前中國文人張載就說——民胞物與），很多宗教的修練，似乎都想「早登天堂，重返西天極樂世界」，似乎都忘了大家都是「乘願而來」，想在這人間體驗各種情感以及歡樂悲傷或痛苦。

如果，我們都是好不容易才來這一趟，又何必苦苦追求早登涅槃，重回那不生不滅、非苦非樂的永恆之境呢？

乘願而來，來此人間痛痛快快大玩一場！

不管大家相不相信輪迴，相不相信新時代運動所標舉的「感謝生命中的一些遭遇……」，倒是想起在幾次荒野的訓練梯隊曾玩過的「小天使遊戲」，遊戲或許只是遊戲，但是在這些年荒野的生涯中，我知道你們都是我生命中的天使，當然，我也希望我會是你們生命中的天使。

我會真心對待每一個有緣的人，疼惜每一個我曾相遇的時光與人物。

生命中有些邀約不容錯過。

世間許多邀約我們常在不經意中錯失了，

我願把那些還來得及的約會，空下來，

然後用一種美麗的心情，赴約。

愛讓我們這個世界繼續下去！（民生社區舊居頂樓舉辦的聚會）

寫過《愛心樹》這本書的藝術家薛爾席維坦曾經寫過一首歌〈爸爸，假如〉，歌詞中孩子詢問父親：「如果陽光不再普照，世界會怎樣……如果風不再吹，世界會怎樣……」透過父親的一層一層答覆，最後唱到結論：「如果你希望這個世界繼續下去，你最好還是開始繼續愛我！」

的確，愛讓我們這個世界繼續下去！愛，也讓一個團體繼續下去！

當因緣成熟時

有一次跟一些老朋友聚會時，他們有點好奇的問：「你們好像跟其他的環保團體不一樣，我們很怕跟那些所謂的環保人士在一起，他們往往挑剔我們所吃所穿所用的一切，總是讓我們充滿了罪惡感！」想想的確，我幾乎不曾給過周邊的朋友壓力，頂多只是溫和的表明我個人的習慣，不會勉強別人跟我一樣吃素或節能減碳，因為我知道每個人的因緣不同，時機未到時，勉強也沒有用。

記得有一句美國成語說"When the penny drops."（當硬幣掉下來），大概就像自動販賣機那樣，我們投的硬幣掉入機器中時，我們想要的東西就自然會出現。

佛家有這種說法：「遇緣則有師。」在日常生活中，我們能看見的事物，都是我們關心或是正在尋找的，因此大智慧的佛陀在說法時非常重視契機，也善用種種方便法門來渡引大眾。

但是這一句話我們也可以從另一個角度來看，就算是一個非常厲害的老師，講得再有道理，但是若聽的人不關心、不在乎，也只會是左耳進、右耳出，完全沒有用。反過來說，只要學生準備好了，老師就會出現，任何一花一草，一貓一狗，一陣風一首歌，也都可能帶來生命的啟示，改變我們的價值觀，世間的萬事萬物都可以是我們的老師。

遇緣則有師。（日本京都街上）

張愛玲曾經就「愛情」這個主題，寫過一段膾炙人口的文章：「於千萬人之中遇見你所遇見的人，於千萬年之中時間的無涯的荒野裡，沒有早一步，也沒有晚一步，剛巧趕上了，那也沒有別的話可說，唯有輕輕的問一聲：噢，你也在這裡嗎？」

也常想到一句成語「水到渠成」，年紀愈長，愈不敢自詡是那挖渠或灌水的人，反而能滿懷感激的看著冥冥中的上蒼來做收成者。因此愈覺得張愛玲這段話不只是描述愛情，人世間所有該成就的、該護念的，人與人之間的互動不也是如此嗎？

人生在世，有多少因緣聚合？有的擦肩而過，有的糾纏綿延，我想，大家都希望碰到的，是扶助自己的貴人。

年紀愈長，愈來愈相信因緣，大概有太多的驗證，讓我愈來愈不敢輕忽生命中冥冥的安排。也許如許多修行大師所說：只要是與你相遇的人，一定會帶來某些訊息給你，如果你感覺不到，可能是你不夠用心，或者是過度的把自己隱藏保護起來。

生活中，我們得倚賴無數人的善意，才能過得平安順遂。只要想到這點，就知道我們必須不斷的付出，正因為承受過太多人的好意了。

我的生命裡出現過許多貴人，會在適當時刻給我一些感動，給我一些提醒，在困頓時拉我一把；因此，我也希望自己是別人心目中的貴人，可以溫暖別人的心。

浪漫

什麼是浪漫？

情人節裡在布置豪華的餐廳吃燭光晚宴？

在花下月前海誓山盟？

或者，像電視劇裡常常有的，冒雨在屋外站一夜，或獨坐海邊一支接著一支的抽菸？

曾經有人問施明德：浪漫是什麼？

他回答：「明明知道有限的資源，去追求無限的目標！」我知道，施明德是浪漫的，他也以自身去實踐這個浪漫！

沒錯，知其不可而為之，是浪漫不同於現實的一個表徵。我學生時代編刊物，偶爾需自己動筆寫文章時，我用筆名吉訶德（唐吉訶德去掉貴族稱謂的唐字）。

整整高中三年，每個要上學的清晨，我一定聽一次《夢幻騎士》的主題曲（當時錄了一卷三十分鐘的錄音帶，起床時按下去，三十分鐘播完剛好出門，這錄音帶中包括這麼一首歌）：

去做一個不可能實現的夢
去打一個不可能打敗的敵人
去忍受無法忍受的哀傷
去改正無法改正的錯誤
去追求貞潔完美，不管相距多遠
即使雙手筋疲力盡
仍要盡力去摘那摘不到的星星
我的天職便是去追尋那星星
或是去為正義而戰，毫不猶豫，毫不躊躇
或是下到地獄去，只要是為了最崇高的理由
我知道，只要能守住這光榮的使命
則當我躺下安息的時候
我的心將會平靜、安寧
這個世界也會變得更好
我還知道
這個人已滿身創傷

我喜歡秋天。
總覺得秋天是浪漫得不得了的季節。
（美國五大湖區楓葉）

卻仍鼓起了最後的一絲勇氣

奮力去摘那摘不到的星星！

◆ ◆ ◆

每到秋天，我就忍不住用走路回家。

因為我從來不補習的，所以下課後總有長長的時光。在秋天，下課後沒有社團活動的日子時，會到植物園東逛逛西晃晃，然後坐在荷花池前看書，天色漸晚了，才沿著紅磚道慢慢走回家。總是不拉上夾克的拉鏈，讓風吹著擺盪著，邊走邊踢著落葉或用大盤帽去捕捉正飄下的葉子。路過剛剛落成的中正紀念堂，也會特地繞進去，走在長長的瞻仰大道上，四周空曠，視野遼闊，想像自己是渡過易水的俠客。

於是，在那苦悶年代的苦悶青春，也化成浪漫的情懷。

上了大學，有了機車，就像有了風火輪的哪吒，每到秋風吹起，就騎著車到溪邊堤防閒坐，或者到山上欣賞落葉。

我喜歡秋天。

總覺得秋天是浪漫得不得了的季節。

年少時總認為自己是個到處打抱不平又飄逸的白衣俠客，或者是騎著瘦馬獨行於荒野的唐吉訶德，因此也認定「振衣千仞崗，濯足萬里流」或是「晝短苦夜長，何不秉燭遊」這些嚮往、這些場景一定是發生在秋天的！

古人曾道：「女子傷春，男子悲秋。」良有以也。

◆◆◆

如果你問我，浪漫是什麼？

我想，浪漫是一種本質，而不是一種行為的表相。

在我看來，為女朋友獻上一把鮮紅欲滴的玫瑰花，比不上「莫道書生空議論，頭顱擲處血斑斑」那樣以生命來實踐出個人的理想！

浪漫是一種生命的情操，是心靈更崇高的呼聲，是追求完美之夢的嚮往，是生活中不斷的實踐與堅持。

秋瑾女士的「秋風秋雨愁煞人」是浪漫的，林覺民的「吾充吾愛汝之心，助天下人愛其所愛」更是浪漫的極致。

活在二十一世紀的現代，在這樣一個喪失理想、喪失方向的時代，我發現，能擁有浪漫心靈的人愈來愈少了。

浪漫是生命能量的大量釋放！但是我舉目四顧，社會上多的是「三十歲死，六十歲埋」的人，他們渾渾噩噩一天過一天，黯淡無光的日復一日的呼吸著（只是活著）。

浪漫就是給自己留一點空間，給現在的生活留點空間，給未來的生命留點空間！

年近中年以後，我深切體會到，浪漫是驅使人們進一步追求真善美的動力，在生活上是如此，在工作上更是如此。

有位精神科醫師曾這麼形容荒野的伙伴：「在檢查精神病患時有個評量表，我們發現荒野伙伴完全符合這些指標，看見了別人看不見的東西（細微的蟲魚鳥獸），聽見了別人聽不見的聲音（你聽！有隻蟲在叫），幻想別人看似無意義的事情（購買沒有用的荒地留著繼續讓它荒著）……」偏偏這些「怪怪」的人像獅子般有堅強的信心，像駱駝般有綿長的毅力，像長頸鹿般看到了更遠的道路，更像天鵝一樣，在獨處時有群體的懷抱，在群體中還有獨處的心。原來荒野的人，都是浪漫的理想主義者啊！

別無所求

幾乎大部分的朋友都有出國旅遊的經驗，大家都當過觀光客，經過一個鄉鎮又一個城市，從一個國家到另一個國家，冷冷的看著別人的富裕享樂、痛苦掙扎，不管是貪汙腐敗、緋聞八卦、抗議學潮……一切都只是來茶餘飯後的消遣。

「做為一個觀光客是多麼奇怪的身分，沒有認真的愛，也沒有椎心刺骨的悲痛，不屬於任何城市、不投入任何一群人，只是冷冷的行過驛站……」看了張曉風描述的這段話，忽然一驚。我發覺我身邊好多人居然是自己國家的觀光客：只忙著工作與家庭這小圈子打轉，為了五斗米而眼光只及於自身，他們不關心也不在意自身所寄託的大環境。冷漠？無力感？我們都知道什麼事不該做，什麼事該做，可是我們就袖手站在那兒當個旁觀者？

有些人一直只是生命途中的觀光客，做了七、八十年的觀光客，然後漠然的，不關痛癢的離去……人活在世上，總該做些可以述說的事吧？不需要爭名奪利，但是總得放出些光與熱，痛痛快快的活一場吧？

曾經有朋友送我一張日本歌手的CD，雖然聽不懂日文，但是旋律優美，聲音有滄桑之感，而且歌詞也找人翻成了中文：

〈生命之旅——別無所求〉

在年華逝去之前
我從未留意過，季節之花，竟如此美麗
我甚至未曾留意過
想要優美的老去，這竟也是如此之難事
如果有人說，要再給我一次年輕的機會
恐怕我會悄悄的拒絕
重覆一次年輕時候的心動與迷惑
並非我所期待的
那就是人生的祕密，那就是人生的禮物

在年華老去之前
我從未留意過
季節之花，人的生命，竟是如此的短暫
人們總是憎恨、爭論，然後受傷
到何時才能互諒、互愛
然後變成連語言也不需要的朋友
若有個朋友，能在我迷惑時
深深的憐愛自己
並肩坐，一起遠眺落日
那我就別無所求了
那就是人生的祕密，那就是人生的禮物

在年華老去之前
我從未留意過，季節之花，竟如此美麗
我的人生之花將謝之時
好不容易在我的心底開放了

若有能與我並肩遠眺落日的朋友
那我就別無所求了
若有能與我並肩遠眺落日的朋友
那我就別無所求了
別無所求，別無所求
那就是人生的祕密，那就是人生的禮物

令人感觸很深的歌詞。

我想，大概常常有人會自問：「若是生命可以重來，我會做同樣的選擇嗎？」法國小說家莫泊桑曾寫過：「人生不像你所想的那樣好，也不像你所想的那樣壞。」也想起中國的民間傳說：相傳漢朝有位姓「孟」的女子很得鄉里的敬重，年邁以後被稱為「孟婆」，死後成為幽冥之神。在陰陽交界投胎必經之路上，孟婆以甘、苦、酸、辛、鹹五味做成「孟婆湯」，投胎的人喝了湯就完全忘記前世，沒有負擔的走入今生五味雜陳的生命之旅。

某次參加一個聚會，當大家才剛到坐定，有好幾個人就先聲明待會有事，可能得先走。馬上就有人跳出來「訓誡」大家：「我通常參加一個聚會，就不去想下一個約會，活在當下好

若有個朋友，能在我迷惑時，
深深的憐愛自己，
並肩坐，一起遠眺落日，
那我就別無所求了。
（金門海邊賞鳥）

好享受生命每一個時刻。」

想不到還真有用，每個說等一下要先走的人，結果都留到酒酣耳熱之後才與大伙一塊走。

回家路上想起這個聚會、這段話，覺得頗有道理，世間有多少人在心情上永遠是「生活在他方」？赴一個約，想下一個約；跟這個人談話時又在想另一件事，似乎很難仔細品嘗自己生活的每一個時刻。

能夠與朋友靜靜的喝杯咖啡，靜靜的看著天空的浮雲，這種幸福，在緊張忙碌且功利的現代，已經非常珍貴且稀有了。因此要參加公益團體，可以與很多伙伴為了理想一起努力，可以勇敢也可以溫柔；可以怒目金剛也可以菩薩低眉；有看雲的閒情，也有猶熱的肝膽；更棒的是，可以一起慢慢變老。

然後，當有一天，我走完人生的路途，我可以站在上蒼的面前說：「我曾愛過、我曾關懷過，我與哀傷的人一同哭過、與歡樂的人一同笑過，我曾認真的生活，我沒有白白來世上一遭。」

哈！這一場熱鬧的人間盛宴，豈可錯過！

簡單就是豐富

我們需要的不多，想要的卻太多！
（住家門口玄關）

大家渴望幸福，因此對於幸福快樂指數贏過眾多富有國家的深山小國不丹，充滿了好奇與羨慕。

不丹的幸福學其實很簡單，因為不丹人不重視物質生活，而重視心靈上的快樂和滿足。

這道理很簡單，但是為什麼只有不丹人做得到，世界上幾乎其他所有國家（或說人類也行）卻做不到呢？我想，並不是不丹人具有特異功能，而是地理環境與國家政策的緣故吧！

不丹位於喜馬拉雅山系的崇山峻嶺中，進出交通很不方便，他們的政府限制每天入境的觀光客人數，並且不歡迎外國人在此投資置產、從事商業活動，更重要的是，不丹一直到不久前才有全國第一臺電視機，甚至像西方世界（其實幾乎包括世界上所有國家）的教育制度，設立小學、中學、大學這樣的學校，也是沒有多久以前的事。

換句話說，我們也許可以推論，不丹的老百姓能夠保持心靈上的快樂與滿足，或許來自於他們完全沒有加入全球化的體系，保持遺世而獨立的自給自足狀態，生活如同千百年前。但前一陣子曾看過一則報導，近年因為電視媒體的引進，老百姓純樸的生活漸漸改變，開始有了欲望的追求，所以偷竊甚至搶劫事件，也史無前例的開始在不丹慢慢蔓延。

很感慨，難道人性真如老子所說的，知識產生罪惡，無知的老百姓最安分？想起晉朝陶淵明的桃花源，假若路徑為外人所悉，商人進去炒作房地產，並且帶來許多新奇的產品，鼓勵消費，為了賺更多錢買東西，人就容易無所不用其極，靠山吃山靠海吃海，將資源劫掠一空，那麼桃花源還會是桃花源嗎？

可是，歷史告訴我們，一旦開放，一旦全球化，就很難走回頭路了。知識商品、方便的科技，這些並不是壞東西，更不是罪惡，一旦用了，我們就很難捨棄，那麼，我們如何在這個過度消費、過度競爭的世界中找到自己安身立命的所在呢？

隨著科技的進步我們創造了許多的東西，而且人類的力量也無遠弗屆，地球上任何可以開發利用的物資也都納入全球經濟體系的一環，所以我們正活在一個物質太過豐盛的時代裡，甚至為了擔心經濟蕭條，各國政府無不以鼓勵消費來確保經濟發展。

當每一個人都陷入了拚命工作、拚命消費的循環時，其實也逐漸喪失了對生活的感受能力，形成了物質愈豐盛，但是精神和心靈卻愈空虛的現象。換句話說，我們愈富足卻愈不滿足。總是覺得，當一個人不斷購物，不斷想擁有更多時，用的其實並不是金錢，而是時間。然而時間就是生命，我們用生命換來的那些物品，是我們真正想要的嗎？

這些年隨著節能減碳的風潮，簡單生活也似乎形成另一種時尚，因此「少就是多」、「簡單就是豐富」也出現在許多人的口中。少與多是相反的意義，簡單與豐富也是相反的概念，為什麼會等於呢？

這是因為人的時間是有限的，人的精神注意力是有限的，當一個人的心裡充塞太多東西的時候，其實什麼也都感受不到了，反而是當簡單的時候，我們的心才會活在一個更大的空間中。就像一個吃得很飽的人，對食物就不會有任何興趣一樣，一個沒有感受力的心靈，是無法擁有真實的快樂的。

這些年來，雖然已經不太會追逐物質消費，也很少逛街買東西，但是畢竟還是生活在這個時代中，往往不知不覺中身邊還是累積了不少東西，當歲末大掃除、清理東西時，赫然發現自己在不經意中，也就是不帶感情的，丟棄了一件又一件的物品。的確，物質的豐盛已經變成了對物的薄情，就像清朝詞人納蘭容若所寫的：「情到多時情轉薄。」

記得看過日本的一則調查報導提到，許多日本青少年流行在網路上號召同伴，相約自殺，這些生活空虛，覺得人生沒意義的孩子，往往來自於要什麼就有什麼的環境。因為東西太多，對任何東西也就沒有感情。當我們對周遭環境的一切都沒有感情時，也就不會有連繫；當一個人跟周遭都沒有關連時，自我的存在就無所依託，可有可無了。

當我們擁有的東西少，就會好好去使用它，注視它，跟它產生感情，少反而形成了感受的多，這就是少就是多的原因吧！

因此，簡單的生活反而是充滿感受的生活，心靈反而會更覺得豐富，這也是簡單就是豐富的真諦。

常常會想起小時候，那個物質很少、人情卻很多的時代。以現在標準來看，當時的生活雖然簡陋清苦，可是快樂滿足的時候總是比憂慮煩惱多，而且大家都過得很安心很踏實。

聖嚴法師曾一再提醒：「我們需要的不多，想要的卻太多！」西藏俗語也這麼警惕著我們：「如果你已經有一，然後你還要二，就等於敞開大門請魔鬼進來。」

詩人布雷克的話是我們這個時代的當頭棒喝：「還要更多！還要更多！這是受苦靈魂的呼喊！」的確，所謂窮人不是那些擁有很少的人，而是那些欲望很多的人！

讓我們在生活中開始有意識的過簡單的生活吧，因為少，就是多。

代表真理的創造者躲在哪裡？
（住家陽臺）

很多荒野人相信真理是在風的私語裡，在小溪的潺潺裡，在雨聲的滴答裡。它是泥土的感覺，百合的芬芳，陽光的溫暖，月光的引力。如同《與神對話》中所說的，假如有個至高無上的創造者存在，那麼代表真理的創造者躲在哪裡？書裡面這麼回答：「我是吹拂你頭髮的風，我是溫暖你身體的太陽。我是在你臉上舞蹈的雨水。我是空氣中的花香，我是把香氣發散的花朵。我是那負載花香的空氣。我是你最早的意念之始。我是你最後的意念之終。我是那在你最精彩之際迸發的觀念。我是那觀念成真時的光輝。」

一個人坐在陽臺冥想了一陣子後，放下茶杯，起身。

關起房門，走向山下的紅塵人間。

跨年、拜年與賀年卡

大概是這十來年臺灣才開始全面流行「跨年」的倒數計時活動吧？小時候只有除夕守歲的熬夜，年輕時元旦就是一大早起床去升旗典禮，到如今，每個縣市政府每個風景名勝，都在辦跨年，從阿里山頂，梨山，到臺東海濱，處處都有活動。

可是當大家在擁擠的人潮中，彼此是否有著更貼近的心靈呢？當我們無意識地隨著群眾高呼 **"Happy new year!"** 時，心裡可曾浮現許多我們真正想祝福的朋友呢？

說到祝福，就想起賀年卡。長久以來，許多遠地的朋友，我們總是可以藉由一年一次寄賀年卡時互通一下訊息，可是這些年來，數位化幾乎已全面取代了用筆的書信來往，可是，當電子賀卡夾雜在每天一堆活動通知、開會通知以及廣告垃圾郵件中，收到幾乎沒有任何感覺，非常可惜的，似乎我們連這古老而美好的儀式，也將被時代給淹沒掉了。

說是儀式，的確我們必須為它花時間，從挑卡片，找出通訊地址，親筆寫上一些祝福與自己的近況，然後還得買郵票，找郵筒，然後寄出。只有我們真正付出時間的事物，才會在我們內心占有一席之地，因此，當電子賀卡在一秒中傳遍所有通訊錄裡熟與不熟的朋友，因為太輕易，因為不花時間，所以對我們內心而言，也是沒重量，因此也就毫無意義了。

因此，我決定今年將撥出一長段時間，從元旦到農曆除夕，大概會有一個月的時間，我將抽空陸續找出歷年老朋友的來信，重新懷想曾在我生命中留下痕跡的朋友，用親筆信函，一封一封的寄賀卡。當然也會有這些年新認識的朋友或網路上的朋友，只是傷腦筋的是，許多朋友只有 E-mail 地址，並不曾留下通訊地址。因此，親愛的朋友，若您願意回味親筆寫賀卡這個古老的傳統，請寄信至我的診所：新北市三重區重新路五段六〇九巷二〇號七樓之六，我一定會以親筆賀年卡回覆。

其實說到賀年的儀式，記得我從小到年輕時，過年戲院都會推出所謂「賀歲鉅片」，當時全家大小會一起出門，除了拜年就是上戲院看電影。可是感覺上近些年臺灣並沒有推出適合過年，溫暖、喜氣、又熱鬧，可以闔家觀賞的影片。日本曾經長達近三十年，每年過年都會上映《男人真命苦》的系列電影，這已變成一種儀式；而據說俄羅斯在每年過年時，也一定會播放《莫名其妙的事》同一部喜劇片呢！

今年跨年，雙胞胎女兒也想趕潮流，希望能一起倒數進入民國一〇一年的元旦，但是她們也不願意出門去跟大家擠，要我找幾部電影看過跨年。

哇！這下難倒我了，有哪些影片適合如此的氛圍呢？

當我們無意識地隨著群眾高呼〝Happy new year!〞時，心裡可曾浮現許多我們真正想祝福的朋友呢？
（屏東海生館）

（南投桃米社區紙教堂）

不在，好像在；在，卻又不在

不管是在現場或在電視機前，至少有數百萬民眾一起倒數著迎新年，跨年的煙火晚會，這幾年似乎儼然已成為臺灣人的一種儀式。

作家夏瑞紅在她的部落格裡寫出她的驚嚇：「倒數十秒，滿滿馬路的群眾全拿出手機、數位相機，然後整齊一致的舉起來對準一〇一。」我可以想像得出這種景象，也同意她的感慨：「四面八方趕來，親臨現場的人們，為什麼又選擇鑽進自己的小螢幕視窗，抓選可以一直重覆的電子影像，而任當下真實的現場花火就這樣從身邊匆匆閃逝呢？」

是的，人在現場，但卻是透過小小螢幕的電子訊號來看煙火，或許比不上我在很久以後透過ＤＶＤ高傳真影像來得真切！

數位化時代，也將會是個虛擬與真實逐漸失去了邊界的時代，正如同我們大腦的記憶與情緒，也可以被分解成神經細胞電位差的傳遞一般，因此，在「虛擬實境」的科技將取代人類的娛樂與體驗時，我愈加懷念那個會流汗的真實世界。

這些年，在推廣自然教育的過程裡，對於數位資訊與高傳真影音的效果，真是又愛又恨又怕。只要買了機器接上網路，就會有無數有關於動物植物和自然景觀的資訊呈現在我們面前，而ＤＶＤ或國家地理、探索等頻道，也輕易的把專家在森林在海中，數十年的觀察與記錄，濃縮在二十多分鐘內給你身歷其境的感受。的確很方便，在教育推廣上，數位影像也是非常有效率的媒介。

但是，這些電子影像會取代我們親自走入森林的感受，我們會逐漸喪失感受大自然之美的能力，然後與真實的世界隔絕。

當這些難得一見的「生態現象」卻輕而易舉的在我們的螢幕出現時，這些「數位化的民眾」即使擠入國家公園，也都喪失了感受自然的熱情，我看到大部分都是無聊的小孩和麻木的家長，只會用相機或攝影機行禮如儀的拍下這些美景或地標招牌。自然已經變成可以捕捉帶回家的影像，或者成為可以消費的商品。

總覺得要真正瞭解大地之美，並不能只是站在遠處用雙眼去看它，或過高傳真數位影像去欣賞，而要我們親自走段路，流些汗，喘喘氣，甚至會受點傷，去接近並崇敬它。

走段路，流些汗，喘喘氣，接近並崇敬大地。
（臺北近郊無名森林步道）

迎春

木棉樹一定很懷念當年那有整個天空讓它伸展的日子。
（臺中中山醫學院操場邊）

傳說，武則天皇帝曾經命令百花在寒冬中盛開，為她的宴會增添顏色。

中國古代在農曆二月十二日（又有一說是二月十五日），有個花朝節，又名百花生日、花神節、撲蝶會。在經過寒冬的養精蓄銳，到了二月中，正是百花競放的時候，也到了邀請朋友結伴走入大自然的季節了。

不知是宋朝還是南北朝某個文人皇帝，曾寫信給他的兄弟說：「陌上花開，君可緩緩歸矣！」哈哈，說得真好，一路上的花都盛開了，請你趕快慢慢的欣賞著花回來吧！

就像是李商隱所寫的詩句：「不知迷路為花開。」就像荒野常常向伙伴與社會大眾呼籲的：大家趕快來哦，趕快來輕鬆自在的在大自然裡倘佯哦！

初春時節，和家人駕車駛離還有點陰濕的臺北盆地，奔向南臺灣。車子一過臺中，就看到開滿鮮紅花朵的木棉樹！雄壯挺拔的樹幹，枝條上，只見無數朵豔紅的大花，神奇的是，沒有葉子，只有花。

木棉花對我而言具有相當的象徵意義。

民國六十九年，第一次離開臺北盆地到臺中讀書。當時學校矗立在稻田中，一邊有池塘，另一邊養了幾千隻鴨子，整個學校繞著圍牆以及運動場，種的就是木棉樹。我租住在學校圍牆邊的農舍，房東在四合院邊加蓋了一棟二層樓的房子租給學生。我的房間就正朝著操場，圍牆內的木棉樹枝椏就伸到我的窗戶，不管是我坐在書桌前看書，或者在另一側的陽臺蹺著腿看書，一伸手就可以摘到木棉花。

木棉花四季分明的變化，讓我這個首度住到田野鄉間的都市孩子，真正體會到四季的存在。我看著葉落、花開、葉長、結種，然後滿天飛絮。對於這種葉子與花永不碰面的高大的樹，引起我很大的興趣。木棉花在五月播種子，我非常浪漫的在陽臺上捕捉那裏在厚厚一團棉絮中的種子，然後立刻塞入信封中，寄給可憐的在都市中吸著廢氣、塞在擁擠車陣中的我所有的同學，和他們分享種子播散的快樂，要他們想像在涼風中，襯著陽光與藍天，滿天棉絮飛舞的景象。

我也根據四季不同樣貌，開始記錄著心情，同時也分享給城市中的朋友。

從南部返回臺北，還特別繞到當年我住過的地方去看。才二十多年的工夫，環境全變了，稻田變成工廠與住家，池塘鴨子當然沒有了，連我住過的房子也變成馬路，我的房間成了高架道路的橋柱，長長一圈數十棵的木棉樹只剩零星幾棵躲在擁擠的建築物之間，我想，木棉樹一定很懷念當年那有整個天空讓它伸展的日子。

在夕陽中駛向高速公路回臺北，想起徐仁修老師所寫的：「我回頭向季節道別，沒有多少傷心，因為我知道，明年，春天依舊來臨，但是，福爾摩沙啊，和你道別令我心碎，因為我知道，你美麗的容顏，將此一去不還……福爾摩沙啊，我不願跟你說再見，請給我們贖罪的機會，再讓溪水清澈，再讓天空湛藍，福爾摩沙啊，請不要跟我說再見。」

總覺得人的命運是一連串的岔路與選擇。
（住家門口油桐花開）

想起羅賓．威廉斯主演的《春風化雨》，在電影裡，有一天他讓學生在校園裡朗誦著詩，踩詩的韻律，他說：「這是很重要的一步，它使得一切因此而不同。」

「它使得一切因此而不同」出自美國著名詩人佛洛斯特的詩〈未曾選擇的那條路〉：

「……兩條路分岔在樹下，而我——
我選的那條則少被走過，
而它使得一切因此而不同。」

總覺得人的命運是一連串的岔路與選擇，不論路與路之間是多麼難以抉擇，我們一定要把自己的選擇視為與眾不同，並且真的讓不同由此開始。

把缺憾還諸天地

在塵世間所有虛妄的追求都過去之後，我們能夠滿面皺紋，恬然相對，喝一壺粗茶，談一些閒話，享受經過沉澱後的人生醇味。
（臺南安平老街巷弄中）

農曆新年到了，每個人不管過去一年有多麼忙碌，到了今天，應該都已經緩下腳步，調整成過節的心情。

其實心中是有許多遺憾的，因為有太多太多想做而沒做的事情，有太多太多的想法有了開頭，卻沒有時間與精力持續發展；該處理以及處理一半的文件以透明封套裝著，已從桌面堆到桌腳，將自己團團圍住。

雖然，我從小就知道「今日事今日畢」只是個格言，從來不是生命中的事實，但是，總是不甘心哪！很能體會宋朝詞人寫的：

少年不管，流光似箭，因循不覺韶光換。
到如今始惜——月滿、花滿、酒滿。

於是，常常提醒自己要有閒適的心情，外形可以趕，但心情不要急。一急，就會失去「萬物靜觀皆自得」的生活。一急，就會失去浪漫的心情。

因此，春節的閒適，是尋回年少浪漫心境的很好起點。

在春節的假期中，更是與很久不見的老朋友重溫舊夢的好時節。有位長輩曾感慨：「老朋友見一次是一次，不要以為大家都年輕，不要以為交通往來很方便，要知道世事無常。」沒錯，許多我們以為輕而易舉可以做到的事，往往卻成為難以彌補的遺憾！

時間過得很快。我們常說的「永遠」是一種虛妄的願望。我們總是以為，昨天如此，今天如此，明天也一定會繼續如此。今天與朋友告別，我們以為不久一定可以再見到面，因為日子既然一天一天如此的來，當然也應該這樣一天一天的過去。昨天、今天和明天，應該是沒有什麼不同的，但是，就會有那麼一次，在我們轉身的一剎那，有的事情就是全不一樣了。

歲月總是無聲無息的淹滅多少興衰盛敗喜怒哀樂，難怪有位詩人不禁感歎：「時間啊，您是永遠不敗的君王！」

心底裡，一直以為自己才剛剛大學畢業（總覺得自己從身材容貌到心態都沒變），可是現在看到一些可愛的小朋友，一問之下，他們也都大學畢業好些年了，這時只好承認歲月還是在自己身上、心上都留下了痕跡。

有人開玩笑說，到了中年，肌肉失去的彈性似乎都安居在良心裡了！不過倒真的是少了幾分年輕時的憤怒與銳角，多了幾分從容與釋懷。

我喜歡回顧——不知道這是不是年紀大的象徵，不過通常我的回顧並不是緬懷與傷感，反而是為了前瞻，是為了確實知道我們現在所站立的位置。

對於時間與歲月流逝，近來已與造物者和解，我相信命運自有深意。因此在回顧與前瞻的對照之際，我怕的不是愈來愈老，而是希望自己愈來愈成熟。

我對食衣住行育樂幾乎毫不在乎，人世間，唯一在乎的就是人與人之間的情意吧！所以我很珍視朋友。而且我想要一個三十年的朋友。

在塵世間所有虛妄的追求都過去之後，我們能夠滿面皺紋，恬然相對，喝一壺粗茶，談一些閒話，享受經過沉澱後的人生醇味。

和老朋友見一次面是一次。次次機會都要把握，都要珍惜，都要感恩！

告別的姿勢

年紀愈長，才知道「光陰似箭，日月如梭」原來不僅僅是小學作文課裡被用濫的成語罷了，而居然是生命的事實，不禁一驚！

告別舊的一年，告別這一年裡的喜怒哀樂，默默祝福過往的一切，對這一年裡伴我同行，甚或只是擦肩而過的朋友們，容我道一聲：「珍重！珍重！」

到了這個年紀，總算學會以感激來面對生活了！雖然還是有些事情會在心裡造成小小的壓力與小小的遺憾，但是只要存著感謝與珍惜的心情，那麼縱使有時會有點寂寞，但是，我想所有的祝福心意都是那麼的接近。

什麼是告別的姿勢呢？

作家紀德曾說：「我總是歪歪斜斜的坐在椅子上，好像隨時可以起身，可以離開。」

曾經有觀光客去拜訪波蘭有名的猶太學者海飛茲。觀光客很驚奇的發現，這位學者的家只是一間擺滿書的簡單房間，唯一家具是一組桌椅和另一張長椅。觀光客問：「先生，你的家具在哪裡？」海飛茲回答：「那麼你的家具呢？」觀光客不解的說：「我的家具？我只是來這裡的訪客啊！」這位學者回答說：「我也是！」

呵——真是一語驚醒夢中人！

「夫天地者，萬物之逆旅，光陰者，百代之過客。」不管是六十年、八十年，人究竟只是地球短暫的過客而已！人一生最後能留下來的，不是費盡心機積聚在身邊的財貨，而是我們付出去的東西，以及我們分享給世界在人間流傳的善意啊！

什麼是告別的姿勢呢？
（比利時布魯日）

告別！

人生最大的告別算是死亡吧！

古代偉大的帝王亞歷山大大帝，在二十九歲就征服了歐亞非三大洲，擁有無數的財富，土地以及人民，可是他在三十多歲就因病而亡。在他臨死前，想起他一些朋友，他們的平和、他們的喜悅，他知道他們有某些超越死亡的東西，這偉大的帝王不禁哭泣：「我一無所有！」他命令部屬在他的棺木上挖兩個洞，他說：「我要讓人們看到，我空手而來，也空手而走，我整個一生都被自己浪費掉了。我的手伸出棺木，好讓每個人都能看見——甚至亞歷山大大帝也是空手而走的！」

是啊！人的一生就是一直在學習著如何去割捨的。人是可以活得很簡單的。「我來到荒野，希望能過真正的生活，只去面對生活裡真正重要的東西，看我是否能夠學會它所教導的，而不要在我死的時候發現我沒有活過。」

告別舊的一年！

讓我們相約新年再相見！

凝視一朵花的綻放

臺灣這幾年在人才培育的方向積極轉向創意與設計，因為在科技日新月異與不斷複製之下，產業的競爭力關鍵在於美感的追求，而美育的核心就是藝術的欣賞與創作。

但是除了商品的設計之外，對於一般社會大眾而言，為何要欣賞藝術？藝術的價值在哪裡？

著名詩人紀伯倫曾說：「我們存在是為了發現美，除此之外，只是等待。」的確，在漫長的人類演化過程中，從狩獵時代與野獸搏鬥掙扎著活下來，到今天高度的文明，哲學家懷海德曾經這麼形容：「自有人類以來，不知道有多少落日時光，忽然有一天，看著西方的落霞，而『呀』了一聲，人類的文明自此開始。」

懷海德認為，野蠻與文明的分野，始於對自然美好的感懷與詠歎，換句話說，這種對美好的感受與生存的實用價值是不同的。因此，哲學家康德這麼定義：「美是一種無目的的快樂。」提醒我們，若是所作所為都考

量到「實用目的」的時候，就喪失了美的可能性。

不過，我覺得透過藝術的欣賞感受到美，在這個變化迅速的時代更有其不可或缺的價值，因為人們藉此接觸到比這短暫人生更為宏大、更為長久的事物，可以安定我們浮躁的心情，並且連結到整個人類共同的心靈互動。

不過在從事藝術教育的過程中，許多人不免好奇，一件作品到底是藝術，還是工藝品，兩者如何區分？一般而言，美育課程所包含的繪畫、音樂、舞蹈、戲劇等等行為，通稱為藝術。藝與術這兩個字，都含有很強的技能、技術的意義在內，但是工匠或是藝術家的區分在於觀念的創造以及思想情操的表現，也就是從單純的技術層次提升到思想或情感。

換句話說，藝術的開始，往往都是情動於中，我們可以明確的說，沒有感動，就沒有藝術作品。因此「美」的感受，往往就是自己生命內在的經驗、記憶、渴望或理想，也就是藝術作品的創作或者是欣賞，都是每個人自己內在生命品質的呈現。

這也就是為何著名詩人、也是個藝術家與美術教育者席慕蓉會這麼說：「如果一個孩子在他的生活裡沒有接觸過大自然，譬如摸過樹的皮、踩過乾而脆的落葉，我就沒有辦法教他美術，因為，他沒有第一手接觸過美。」

我也認為，美的教育並不等於美術課，美應該是生活的、全面的，如同美學大師蔣勳老師所說的：「少一點美術課，寧可帶孩子到大自然，一個孩子去凝視一朵花的綻放，恐怕比美術還重要。」

因為藝術作品既然是藝術家被真實世界的美所感動，然後希望把這種感動存留下來，於是藉由不同的媒介（繪畫、雕塑……），對這種不可挽回的美的一種無可奈何的努力。因此對於生命歷程中沒有這種經驗的孩子而言，要能回應藝術家心中的感受，其實是很不容易的。或許這也是梵谷說這段話的原意吧：「人應該去聆聽自然的語言，而不是畫家的語言，對真實事物本身的感受要比對畫作的感受要美得多了。」

曾經有人請教畢卡索：「如何欣賞藝術？」畢卡索回答：「為何不先去瞭解鳥兒的歌聲？去愛這朵花，去愛圍繞身邊的一切事物，試著瞭解它？」

帶孩子到大自然，凝視一朵花的綻放，恐怕比美術課還重要。（住家旁的步道）

有些家長體會到真實的與自然接觸的重要性之後，想帶孩子到大自然裡，卻擔心自己的自然知識不夠，無法辨識植物或昆蟲的名字，可是我覺得即使不知道任何自然知識，我們也可以陪著孩子看看天空，看黎明與黃昏的彩霞，看浮雲，看星光；我們也可以陪著他們聽聽風聲，聽大自然裡各種細微的聲音。

陪著孩子重新使用眼睛、耳朵、脖子和指尖，讓很久沒有仔細感受的器官活起來。即使我們不知道鳥的名字，我們還是可以欣賞牠們動人的姿態；即使我們叫不出任何一顆星星的名字，我們還是可以體會天空的壯闊與美麗，以及宇宙的神祕。

帶孩子到大自然裡去，自然體驗除了可以豐富孩子真實的經驗與培養想像力、創造力，還能提供孩子新的生命力量以及與萬物合一的連結感，這將會是家長給孩子最重要的生命大禮！

音樂，心靈流浪與獨白的媒介

「沒有音樂，生活將是一種錯誤。」這句話是尼采所說的，我同意他說的話，但是一百五十多年前的他，大概沒有料到，在二十一世紀的現代生活中，聲音已經太多了，多到像身處被汙染的空氣中般，幾乎是無所逃於天地之間，在這一堆「聲音」中，屬於粗糙、喧囂的居多。因此，生活中沒有音樂，固然是一種錯誤，可是生活中有過多庸俗、粗鄙的音樂，恐怕也不是正確的。搬到山裡面，並且把電視機拿掉，就是冀望能夠有現代人最渴求的安靜與空間，讓音樂就是音樂，寧靜就是寧靜。

如何區分粗俗與精緻？大概對音樂的欣賞與對美感的認知一樣，在普及或流行的大眾層面而言，是陽春白雪，下里巴人，各有所好。但是精緻的東西，大略而言是均勻、細膩、華麗、有韻味、有意境，而且除了一般的娛樂消遣功能，還能擴大我們思考的空間與情感的蘊藉。

因此，精緻的音樂，比如說古典音樂的交響樂或巴洛克時代的樂章，都有相當多的理性成分，我們可以說其中表現的感情是蘊涵在理性的秩序之下的。因此古典音樂相對於粗俗的音樂，顯得拘謹與高雅，但是這種理性的快樂，是最綿長持久的，尤其在現代這種混亂的生活，徬徨茫然的時代，古典音樂的確有鎮定、撫慰的作用。

專欄作家楊子與政論家南方朔，二個學識淵博、看似嚴肅的人，卻對古典音樂與詩詞懷有莫大興趣。尤其楊子對古典音樂的推崇簡直無以復加，他稱古典音樂是他精神上的搖頭丸，認為音樂治療功效非常大，可以使精神狀態獲得不同形式的釋放或共鳴。

對於我而言，音樂，是心靈流浪與獨白的一個媒介。鋼琴怪傑顧爾得曾這麼說：「音樂可以隔開人與世界，可以保護你與世界保持一定的距離。」

有個古老的猶太民族傳說：有位提琴手，在你流浪途中倦了、累了、心力交瘁、暗自流淚的夜晚，將出現在屋頂上，拉出一首曲子，來撫慰你孤獨的心靈。

或許這個傳說之故，或許是電影中太多首很棒的歌曲，所以《屋頂上的提琴手》這部電影

音樂可以隔開人與世界，可以保護你與世界保持一定的距離。
（南投桃米社區紙教堂）

我看了無數次。小王子說，每當他情緒不好時就會看落日，因為他的星球很小，只要挪動一下，又可以看到落日，他說，有一天他看了四十六次落日。

我們不在小王子的星球上，我們沒辦法常常看到落日，但是我們有CD，有音響，可以隨時在音樂的世界裡倘佯。

記憶與遺忘

這世間只有一種東西是真實的，那就是遺忘。
（日本京都本願寺）

不管什麼年齡層的人，看《明日的記憶》這部電影，都會有相當多的感懷與體悟。

不管我們稱之為阿茲海默症，或老人痴呆症，或是失智症，比起其他任何身體的病痛，這個病是人類老化過程中，最令人驚心動魄，也應該是任何人都最最不願意面對的情況，一天天，似乎眼睜睜的看著靈魂從自己身上脫離。

大家都輕忽了記憶的重要性，或許我們不斷被教育專家洗腦：「理解比記憶重要。」甚至我們總以為，只要查得到的資料就不必去記憶，因此電腦、記事本……好像是我們延伸的大腦一樣，我們理所當然的認定「想像力」、「創造力」，當然比「記憶力」重要上百倍，話似乎沒錯，但是這必須在我們的大腦記憶區基本上還正常的狀況下才成立。

如果仔細探究，我們之所以知道是我們自己，其實就是記憶力的幫助，就是因為我們記得我們「是誰」，記得我們「做過什麼事」，所以可以這麼說，「自我」的構成基本要素，就是記憶。若是你還不太同意這些話，你只要與失憶或失智的患者相處幾天，你就會有所體會了。

不過，記憶雖然重要，對於一個正常人而言，遺忘也是必然的，甚至是必要的。法國導演布紐爾曾說：「這世間只有一種東西是真實的，那就是遺忘，畢竟人對事物的熱情都是短暫的。」

正常的遺忘經過提醒就會記得，這或許是我們要拍照、要保留古蹟的目的吧！提到古蹟，對於四、五十歲以上的人來說，臺灣是一個沒有記憶的地方，因為一切都在迅速的消失，迅速的被替換中，當我們童年的點點滴滴、成長過程的一切環境全都不見了的時候，過往的生命似乎也成了不可印證的虛妄了！

雷根總統在得到老人痴呆症後所講的這段話，值得我們仔細的思索：「在上帝給我的剩餘年歲中，做我一向所做的事，我將繼續與所愛的家人分享我的生命旅程，我計畫享受美好的戶外生活，並且與我的朋友保持連繫。當上帝在任何時候召喚我回家的時候，我將帶著對我們國家最大的愛和對未來永恆的樂觀離去。」

我從中學時代開始參加社團，為了活動所花的時間往往比讀書時間還多，長大進入社會工作後，在公益團體擔任志工的時間也比賺錢的時間多。

理論上，對於像我這樣有豐富志工經驗的人而言，精神上應該鍛鍊成銅牆鐵壁、百毒不侵才對，可是事實上卻不然，畢竟人還是血肉之軀、凡夫俗子，是情緒性的動物，當我們熱臉貼上別人的冷屁股，付出被別人惡意扭曲，當自己的苦心被伙伴誤解，還是會很沮喪，也會有挫折感。甚至因為自己年輕時候也是個「文藝青年」，所以有時會羨慕學弟妹們賺錢之餘可以隨時出國看表演，過著有品質、有品味的藝文生活，反觀自己忙忙碌碌卻又兩袖清風，難免也會興起所為何來之歎。

其實我相信很多朋友在生命歷程中，也會有許多機會面臨困難的選擇，甚至在選擇之初我們便知道下場會是如何，若選容易走的路，也許會輕鬆舒適，並且獲得眾人的欣羨與掌聲；若選少被人走的路，也許會孤單辛苦，甚至不被眾人諒解。

當我面對這些困難的選擇時，我腦海總會浮起另外一個問題來提醒我：「若是可以選擇的話，我最不想得到什麼病？」

布紐爾在自傳裡如此感慨：「我的記憶力很好，所以我從來不覺得能記住事情有什麼稀奇，直到我母親得到失智症之後，我才發現，原來我們沒有了記憶，就什麼也不是了！」

龍應台老師在《目送》這本書也曾記錄了她與罹患失智症的媽媽相處的感觸，的確，失智是一個非常尷尬的存在，是一個別人無法進入的僵局，因為你的健康還在，家人還在，朋友還在，但是你不在了！

全心全意的感受生活的點點滴滴，盡心盡力活出生命的精彩。（臺北世界花卉博覽會）

因此，我最不想得到的病就是失智症，尤其在剛發現罹患失智症到完全沒有記憶的這一段長則十數年、短則數月的期間裡，每一天每一個時刻看著「自我在慢慢剝離」，更惶恐的是，你知道不久後你將成為全家人或社會沉重的負擔，可是你又無能為力。

其實，人活一輩子，最後剩下的就是回憶，在回溯過往中找到自己存在的價值與意義，當自己覺得不虛此生時，才能夠沒有遺憾的離開。所以，當我面對生命中的困難選擇時，總會勉勵自己：「只有那些我們曾經努力過，曾經為它流過汗，流過淚，付出過心血的事物，才會留下記憶。太輕鬆得來的東西，太舒服的日子，甚至每天太過於豐盛的物質享受，往往轉眼就遺忘，無法在我們生命中留下任何痕跡。」

總覺得在無限大與無限長的宇宙時空中，人類何其微渺，在短短的一生當中，不可能成什麼大功、立什麼大業，所以，或許人生活的經歷就是生命意義之所在。

因此，全心全意的感受生活的點點滴滴，盡心盡力活出生命的精彩，不管是成功或失敗，是挫折或順遂，只要我們用過心而且努力過，那麼當我們回顧過往，才能對自己交代：「我不虛此生！」

結婚吧！

在臺北市，結婚的女人是不正常的！

在醫學統計裡，大部分人共有的特徵定義為正常，與大部分人不同就稱為不正常。根據二〇〇八年的內政部統計資料裡，全國過了適婚年齡的女生（三十五歲至四十四歲）尚未結婚的人有三成，我想，其中應該大部分集中在臺北市，因此臺北市單身未婚女生比已婚的人多，所以已經結婚的人是不正常的！

為什麼現在人不願意結婚？相對於二、三十年前的臺灣社會，幾乎是百分之百完全結婚的社會（當時只要過了適婚年齡卻沒結婚，基本上會傳遍整個鄉里的），持續數千年的家庭結構居然在這麼短時間內轉變，原因當然很多、也很複雜，但是年輕男女對婚姻失去信心，以及家庭所具有的功能在現代社會都已被拆解，並且樣樣都可以「外包」。外包不只選擇多，反而更方便、更輕鬆而且品質似乎也更可以掌握。

這種不婚現象是現代社會學必須面對的全新挑戰！

到底該不該結婚呢？

大哲學家蘇格拉底曾經這麼表示：「無論如何，務必要結婚，如果你娶得好老婆，你將會很幸福；如果你娶到惡老婆，你會變成哲學家，造福人類。」

對於重事業的男生，大文豪托爾斯泰也這麼提醒：「女人是男人前程上的一大障礙，愛上一個女人要做什麼事都很難了，因此，要方便的愛個女人又不受她妨礙，只有一個辦法——就是結婚。」

既然這些古聖先賢都這麼說了，那你還不趕快結婚嗎？

什麼？你還是覺得太冒險了！

那麼看看吳汰紝導演的紀錄片：《尋情歷險記》吧！

這部影片是汰紝三十歲那年，在短短半年內收到七張朋友的結婚喜帖，在切身的壓力下，不免思考婚姻到底是怎麼一回事，於是在現代超級媒婆陳海倫企管顧問的協助下，展開了她追尋婚姻面貌的歷險。影片記錄了二十多對夫妻之間的互動與對話，劇中的場景就是你我生活的這個時空與周邊隨處可見的人，非常真實，卻又非常感人，又非常好笑，這種好笑不是我們在小說或電影裡看到編劇刻意安排的笑點，而是我們從「別人的悲慘」中，看見真實人生那種荒謬的好笑！

無論如何，務必要結婚，如果你娶得好老婆，你將會很幸福；如果你娶到惡老婆，你會變成哲學家。
（德國火車站月臺）

親愛的朋友，不管你是在婚姻的圍城之外，還是在圍城之內，是正想突圍而出，還是想盡辦法要越牆而入，還是如老僧入定，視牆如無物一般，《尋情歷險記》一定可以給你一些不同的省思！

我們自己，就是我們尋找的改變。
（中國內蒙古草原）

這是一個愈來愈複雜的世界，每天都有排山倒海般的訊息迎面而來，層出不窮的災難與痛苦似乎也無止無盡，我們在指責抱怨之餘，往往也期待著偉大的領導人，提出長治久安的解決之道，但是，美國總統歐巴馬在就任演說中這麼說：「期待他人或等待未來，改變將永難實現。我們自己，就是我們等待的人。我們自己，就是我們尋找的改變。」

的確，就如同在臺北舉辦的聽障奧運的選手所說的：「我相信聽覺不是障礙，真正的障礙是放棄自己。我相信只要堅持，世界上就沒有任何困難。」相信夢想，相信自己內有的力量，從自己開始做起，不管是不是可以達到世俗所謂的成功，生命將因為實踐的勇氣而活得精彩而且值得！

誰在等待果陀？

臺灣有個果陀劇團，國內也曾經有不少表演團體演出過一場荒謬劇，改編自諾貝爾獎的文學同名鉅作：《等待果陀》。

這是法國劇作家貝克特在五十多年前寫的。貝克特著作非常少，其他書也相當不受好評，但他就以這一本書獲得諾貝爾文學獎，頒獎詞說明貝克特之所以得獎的理由：「《等待果陀》簡單指出人類面對永遠的不可測的等待，所做的形而上的抉擇。」（什麼東東，到底什麼是形而上的選擇？）不過評審的另一段說詞比較容易懂：「到劇終我們仍不知道果陀的身分，正如我們到自己生命的最後一幕時，仍不會知道一樣。」

《等待果陀》這部舞臺劇，是講兩個叫花子在一條荒涼的小路上，等著一位名叫果陀的人，這位神祕的果陀答應要來和他們相會，卻沒有說清楚是在什麼時間、什麼地點。因此他們不斷重複同樣的對話：「我們走吧！」「我們不能走。」「為什麼不能？」「我們在等待果陀。」

果陀不來，他們不走，什麼事也沒有發生，沒有人來，沒有人走，只有等待、漫長、單調、沒有止境的等待。

故事非常簡單（卻也很深奧，因為有多少人真正的「懂了」？）大家會認為那兩個叫花子太荒謬了，也太愚蠢了，可是，不騙你，我認識許多如同他們一樣在等待的人。

他們常說：「等我結婚以後，要如何如何……」、「等小孩長大一點，我一定如何如何……」、「等我生活安定一點，多賺些錢之後，我一定如何如何……」。

我們以為自己聽到過生命給我們的承諾，如同果陀，一定會來，可是誰也沒把握，日子就這麼一天一天的在等待中過去了。

有一首西洋老歌〈不曾許諾的玫瑰花園〉這麼唱著：

「我不曾許諾給你陽光下的玫瑰花園，偶爾總會有場小雨……」

或許，擁有玫瑰花園，擁有平順的人生，是我們對人生的期待，我們希望親愛的朋友能夠常常相聚，希望快樂時光能夠永遠停留；以為所有的付出都能有所收獲，祈望一切的心願都可以實現……但是，誰能許諾我們？

當我漸漸長大時，才真正體會到，原來我們常說的「永遠」是一種虛妄的幻想。年輕時以為自己可以掌握很多事情，可是年齡愈長，愈覺得自己的渺小和無能。偉大的東西，總有一天在得到之後，覺得不過爾爾，反倒是當時我們認為不值一顧的小事情，卻日日夜夜啃蝕我們的心。

我慢慢體會到，生命是不肯為誰等候的，成長啊！離別啊！滄桑啊！不斷迎面而來！

不知道你是不是我認識的，正在等待果陀的朋友呢？

我們以為自己聽到過生命給我們的承諾，如同果陀，一定會來，可是誰也沒把握，日子就這麼一天一天的在等待中過去了。

（美國舊金山大橋畔）

不選擇也是一種選擇

從來沒有人承諾會給我們「玫瑰花園」。
（新店花園新城社區公園）

假如有一天，你的生命中出現了「旁白」，這個聲音一直在你耳朵旁嘮叨著，這個聲音描述著你的人生，掌握著你的一舉一動，甚至還預言你的未來……

這時候你該怎麼辦？

這是一部相當奇特的電影《口白人生》所設定的情節。哈洛是一個生活規律，毫無變化的國稅局查稅員，在他無聊的生活中某天早晨忽然出現了一個女生的聲音，描述他所有的動作，甚至預言了他即將死亡。在恐懼之下，他開始重新思索自己的生活，並試圖逃避這個死亡預言，他去找心理醫生，又透過推薦找上了教文學的教授，發現自己雖然真實存在，但同時也存在另一個虛幻的空間裡，是一個女作家正在寫的故事裡的主角。

不過，對每天上班打卡，下班打卡，回家看電視，日復一日、年復一年，單調乏味的上班族而言，我們的一生，哇！還真像這部電影裡可憐的哈洛呢！

我們往往會像《等待果陀》戲劇裡那二個人，等待那個從來不曾出現的果陀，我們總期待生活中會有些不一樣，總在等待未來某個時刻幸福就會降臨，我們等著孩子長大，等著買房子，等著加薪，等著升官，等著退休，可是最後卻會發現，從來沒有人承諾會給我們「玫瑰花園」。

當然有人會說：「沒辦法，不是我不願意，而是因時勢或環境所迫，別無選擇啊！」在十多年前第一次看到一句猶太人的古老諺語：「不選擇也是一種選擇。」其實滿震撼的，這些年仔細思索，往前回溯自己的前半生，才慢慢體會到這一句話的意思。

原來許多我們以前覺得別無選擇的事情，以為沒辦法，是父母親逼我們的；沒辦法，是老師一定要我們這麼做的；沒辦法，是老闆要我這麼做的……很多當時以為別無選擇的事情，其實都還有可以改變的空間，只是因為我們的懶惰，我們的害怕，我們的怯懦，我們「選擇了不選擇」。原來在當時我們已經選擇過了，而不是無法選擇。

換句話說，當我們腦海裡浮現，或嘴巴說出這些話：「隨緣」、「順其自然」、「算了」，我們就在那個當下選擇了「不選擇」，我們選擇讓別人來決定，我們選擇讓時勢推著走，我們已經用行動來呈現自己的選擇。

當我們真的能夠瞭解「不選擇也是一種選擇」時，就不會給自己找藉口，也不會東埋怨、西埋怨，可以活得清清楚楚，接受生活中的每個境遇，進而把握生命中的每個機緣。

珍惜與我們相伴而行的伙伴。
（新店花園新城舉辦花蟲季的舞臺）

當各位拿著小小的燭火，在山谷中各自找到一個角落，寫出自己的祈願時，我也坐在草地上靜靜的想著，山谷中散落的點點燭火，多像我們在風雪暗夜的荒野中趕路時手中所拿的一根小小火炬，因為風大，只好用手護著火苗，而護得急了，連手都燒到，燙得手心灼痛，我們忍受下來，只因為在茫茫荒郊漫漫長夜，除此之外，我們一無所有。

這是一條漫長的道路。

因此，我們珍惜與我們相伴而行的伙伴。

是啊！因為珍惜，我相信連朋友這樣的因緣也是一生一世的啊！

行至水窮處

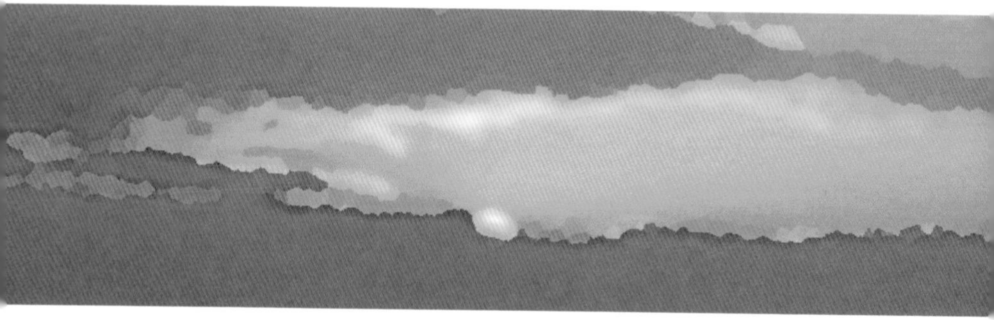

莫忘來時路

在臺北市熱鬧的公館夜市邊，夾在新店溪與小觀音山（也就是自來水博物館內的小山丘）之間，有一片類似香港從前的調景嶺，卻罕為人知的違建聚落——寶藏巖。

或許因為這片直切入溪邊的山坡的唯一出入口隱藏在毫不起眼的巷弄中，所以數十年來成為三不管地帶，與整個社會或都市保持著半隔絕狀態，二百多戶違章建築就層層疊疊的慢慢長出來，逐漸形成獨特的建築形式與族群文化。

這個聚落與其他社區最大的不同在於空間結構，因為是在前後無路被阻隔的一片小山坡上，隨意增建蓋出的二百多戶建築，沒有我們習慣的街道或正常的巷弄，在此地也許你要爬過許多人家的屋頂，穿過別人的後院才能進得了家門，這種充滿神祕通道，以及各種詭異的小空間，在目前這個整齊劃一的高樓大廈社會裡，顯得非常特別。

十多年前，因為政府在都市綠色休閒遊憩的趨勢下，想沿著河岸蓋自行車步道，營建親近自然的空間，這片躲藏的聚落才被發現，進而計畫全數拆除。後來在臺大城鄉所及一些民間團體的努力下，臺北市文化局將此處登錄為第一個以整個聚落為主體的歷史建築，經過多年的整修與研究規劃，將原先二百多棟建築分為「寶藏家園」、「寶藏巖國際藝術村」以及「國際青年會所」，從二〇一一年起陸續開放民眾參觀。

其中藝術村包括了十七間駐村工作室，讓國內外藝術家申請進駐；十四個微型群聚，讓有志從事文化創意產業的朋友當作工作室；同時也有幾個藝術表演排練室與展覽空間。走在這些高低錯落的巷弄中，看著許多藝術工作者展示著他們的創作，想起這些年來臺灣從各級政府到民間，大家有志一同的朝著文化創意產業努力，這也為整個社會帶來新的活力，而且這些新型的產業落實到我們日常生活時，也跟著形成新的生活方式與價值觀。

其實過去二、三十年，臺灣經濟與社會發展的主流是不斷蓋工業區、科學園區以及冷冰冰的豪宅大樓，每個人除了工作與消費，似乎真正與在地有關的生活都不見了。然而文化創意產業的工作多半與日常生活有關，也與在地的歷史與情感有關，和各地自然景觀也有關連，這種不再以經濟生產做為唯一目標的社會，才是適合人居住的地方。

像寶藏巖這樣的古老聚落，在現今「都市更新」的口號中不斷消逝，而且寶藏巖聚落這樣雜亂的外觀，似乎也不見容於都市「整齊乾淨」的景觀要求，可是當我們不斷拆除那些古老

當我們不斷拆除那些古老建築，屬於城市與時代的共同記憶也會隨之消失。
（臺北寶藏巖聚落）

建築，屬於城市與時代的共同記憶也會隨之消失。

作家董橋就曾經寫過：「不會懷舊的社會注定沉悶、墮落，沒有文化鄉愁的心注定是一口枯井。」董橋說的，大概是指我們不能忘掉整個民族的集體記憶，因為這是一個社會的靈魂與國家的精神吧！也有位朋友說，若是回憶得愈少，表示你的性情愈來愈冷酷了。我想這是因為我們通常會回憶的都是一些美好的時光，而這些時光一定與當時與我們相處的人有關，因此念舊通常也會抱持感恩的心情，感謝曾經陪伴我們成長的人。

類似寶藏巖或萬華的剝皮寮老街，都是時代的記憶，透過這些被特意保留下來的建築，讓大家不會忘記自己是怎麼走過來的。一個有根的民族，會走得比較安心、比較篤定，這也是為什麼要留下古蹟的原因吧！

秋高氣爽登山去

漢朝有個名叫費長房的修道人，有一天告訴他的徒弟，九月九日時家鄉會降奇災，要攜帶茱萸草到高處去，等天黑再回來。從此農曆九月登山就成了華人的傳統。

不管是不是為了避災，其實農曆九月正是秋高氣爽的季節，在如此美好的時刻，不到大自然裡走走，豈不是太可惜了？有時候覺得住在都市忙碌的現代人很可憐，也許從一早起來，到地下室開車或忙著擠捷運，不管到辦公室或任何地方，一天二十四小時幾乎都在空調的人造環境裡，對溫度、氣候的變化幾乎無法感覺得出來，就像很多人知道秋天到了，是因為百貨公司週年慶、換季大拍賣或者大閘蟹上市了！

有多少人會注意到天邊的雲彩，地上的落葉呢？

臺灣是個靠山向海，大自然近在咫尺之地的生態寶庫，這些年除了各縣市政府積極整理都市近郊的登山步道，農委會林務局也將森林遊樂區以及各個林管處的森林步道重新規劃，建立分級標準，從一千五百公尺以下的郊山步道到二千五百公尺以下的中級山步道以及三千公尺左右的高山步道，以困難度配合坡度、步道狀況，讓不同需求的人都可以享受臺灣山林之美。

林務局對步道的營建，從觀念到技術，都有明顯的進步，也逐漸採用在地材料，用擬自然狀態的方式構築出安全、美觀又不破壞自然環境的步道。

其實我很少去著名的風景名勝，因為我怕人多，即便再優美的自然景緻，若是前前後後都有人簇擁著，那種悠閒感受自然的心境也會蕩然無存，不過前一陣子全家人到臺東的知本森林遊樂區玩，倒有許多的驚豔。

不知道是不是八八水災知本溪暴漲，金帥飯店在全國民眾面前倒下的畫面讓大家印象太深刻，所以我們到知本時，雖然整個觀光區早就恢復原貌，正常營運了，卻感覺沒有多少遊客。

整個知本溫泉觀光區以知本溪為核心，兩側山峰高聳，岩壁陡立，可以說是山水相映，加上人少清靜，真像是人間仙境。據說以前當地原住民在一天工作之餘，會到溪中沐浴，他們只要在河床邊稍事挖掘，就會有溫泉冒出來，暖暖的溫泉除了洗去滿身汗垢之外，也帶走了一天的疲憊。

知本國家森林遊樂區就在知本溪畔，裡面步道除了依長度與時程，有三條不同的步道路線之外，還有一個溫泉水流腳底按摩區。我與雙胞胎女兒腳泡著溫泉，在山光水色蟲鳴鳥叫聲中，與她們悠閒的談心。神奇的是，我們在園區裡玩了一整個上午，除了我們一家人，只有另外一對年長的外國夫妻。真奢侈！一整座山，一整條溪，就由我們幾個人享用！

林務局除了營建國家森林步道，也積極推動「無痕山林運動」，以七大準則與行動概念來培訓志工，希望引領人們透過步道接近大自然，也盡量降低人們的干擾，確保自然野地能維持原本生態系統的完整。

無痕山林七大準則其中有一條是「在指定的地點活動」，這也就是營建步道，讓人類的痕跡只限制在步道範圍內活動的原因。另外還有一條「勿取出自然中的任何資源與物件」，就像我們常說的，只帶走照片與美好的回憶，自然野地裡的石頭、枯枝……都要留在原地，不要帶回家當作紀念品。的確，若我們能遵守這些守則，美好的環境才能繼續保留給後代子孫。

當我爬到知本森林遊樂區步道最高點的觀海亭眺望著太平洋，腦海裡浮現出李白的詩：

棄我去者，昨日之日不可留，
亂我心者，今日之日多煩憂。
長風萬里送秋雁，對此可以酣高樓。
蓬萊文章建安骨，中間小謝又清發。
俱懷逸興壯思飛，欲上青天覽明月。
抽刀斷水水更流，舉杯消愁愁更愁。
人生在世不稱意，明朝散髮弄扁舟。

每一個人需要有地方遊憩與祈禱，讓大自然平復他的創傷，喚起他的歡樂，給予他的肉體與靈魂力量。
（臺東知本的瀑布）

我想，李白當年寫這首詩，一定是如同我一樣站在高處，也一定是面對著空莽的天地，當然，也一定是在秋天。

往山下走的時候，也想起美國國家公園之父約翰・繆爾所說的一段話：「每一個人需要美不亞於麵包，需要有地方遊憩與祈禱，讓大自然平復他的創傷，喚起他的歡樂，給予他的肉體與靈魂力量。成千上萬疲乏的、心神不安的、過於文弱的人，覺得到山上去就像回到家一樣，曠野為人生所必需，國家公園與保留地不僅是森林與河流的泉源，也是生命的泉源。」

親愛的朋友，千萬不要錯過與秋天的約會喔！

小鎮裡的紀念館

我有種小小的得意：「我們也有這種地方型的紀念館！」（臺南新化鎮）

參觀過楊逵紀念館後，我找出了多年前水晶唱片發行的《鵝媽媽出嫁》現場演唱會CD，一邊聽著，一邊看著楊逵所寫的小說《送報伕》，當然，還有他最出名的〈壓不扁的玫瑰〉這篇文章。

會找到「歐威紀念館」與「楊逵紀念館」倒也滿偶然的。前兩年暑假，雙胞胎女兒考完北北基聯測，有了漫長的假期，全家進行了一趟難得的搭火車旅行，而且特意挑選小城鎮停留、過夜，於是我們就來到了新化鎮。

我們在新化街役場改裝後的餐廳用餐。役場就是鎮公所，日治時代的政府辦公處所，也是臺灣保留得最完整的歷史建築之一，在二〇〇〇年時原址準備興建地下停車場而面臨拆除，在地方團體搶救下，最後以鎮民千人拉屋的方式，先把役場建築搬到附近的果菜市場暫放，等到二年後停車場完工，再同樣動員當地居民將房子拉回老家。我看著照片，發現有許多小學生很努力的拉著這些大繩索，不禁想像過了許多年之後，他們到外地求學工作後再回到老家，看到這棟歷史建築，應該會回憶起當年的情景而增添對故鄉的感懷。

不過，全臺各地歷史建築的活化或改裝成餐廳滿常見的，這次到新化最令我驚豔的是由舊的地政事務所，也就是所謂閒置空間改建成的兩座紀念館。楊逵這位出生在新化，永遠的社會運動者，也是重要的文學家，絕對值得為他留下一座紀念館，但是更使我感動的是「歐威紀念館」的出現。歐威也是在新化出生長大，本名黃煌基，非常嚮往當演員，寫了數百封自我推薦的信到電影公司，最後總算獲得臺語片《青山碧血》的演出機會，並且用片中的角色歐威作為藝名，後來曾經多次獲得金馬獎，他主演的《養鴨人家》、《蚵女》、《秋決》這些影片我都還有典藏呢！

走在含括三棟建築物的兩座紀念館裡，看著一幅又一幅的老相片與史料，雖然大都環繞著他們個人的生命歷程，可是其實也帶出了整個時代的氛圍與歷史。以前到歐洲或日本旅行時，常常很羨慕他們在許多小城鎮裡都有小而精緻的各種紀念館，呈現當地過往的人物與生活，如今看著歐威紀念館，居然讓我有種小小的得意：「我們也有這種地方型的紀念館！」

當然有這些成果並不是憑空出現的，一定有許多人的努力與心血投入其中，就如幾乎花了一整天非常熱心陪著我們在新化大街小巷逛的文史工作者康文榮老師，他本業是經營家族事業麥芽糖工廠，但是前些年他成立公益機構協助腦性麻痺等特殊兒童做早期療癒的復健，這些年則幾乎花了絕大部分時間做地方文史資料的保存，挨家挨戶收集老照片，掃描、典藏或出版。他熱心的帶著我們參觀幾個古老的宅第，與當地耆老親切的閒話家常，並且在老街的巴洛克建築裡像走自家廚房般與屋主打招呼，然後回頭帶著一點點自豪的心情，跟我們這些外地人介紹這些建築與人文的歷史。

看著康文榮老師忙進忙出的身影，心中也充滿了喜悅：「臺灣有這些傻瓜存在，真好！」

具有特殊歷史文化意義的產業，肩負起教育的功能。
（南投燈籠觀光工廠）

前幾天到日月潭畔參加全國高中教務會議，以「從全球變遷看教育」為題作專題演講，結束後沒有順道遊覽日月潭，反而趕著離開吵嘈喧囂的「風景名勝」，到附近的桃米生態社區參觀。

一九九九年九二一大地震重創了中臺灣，包括這個位於南投的山地村落，可是正如同其他災區一樣，村民從瓦礫堆與傷痛中站立起來，這個地方反而成為了一個吸引人的夢想之地，其中新故鄉文教基金會與農委會的特有生物中心，這十年來一直陪伴在這個地區，希望桃米生態社區能走出對環境友善、同時也能夠獨立自主的永續之路。桃米社區生態旅遊的規劃以及村民經訓練後當社區的自然生態解說員的模式，已經成為臺灣社區發展的典範。

新故鄉基金會二〇〇七年前在桃米生態社區內規劃了占地三・五公頃的見學園區，除了能帶動社區相關產業的發展，也是臺灣社區營造的聚會所以及經驗交流的平臺，而且在園區裡有一座非常出名的「紙教堂」。

這座教堂是日本一九九五年阪神大地震後所設計，是日本社區重建過程中重要的救援基地與人與人之間的連繫橋樑。

二〇〇五年，臺灣九二一地震社區重建的伙伴到日本參加阪神地震十週年紀念時，得知這個「紙教堂」完成階段性任務後將拆除，在新故鄉文教基金會爭取與連繫下，這座紙教堂漂洋過海，藉由近千人志工的參與，在見學園區中再生。這是一座用了五十八根長五公尺，直徑三十三公分，厚度十五公釐的紙管，構築出一個可容納八十個座位的橢圓型空間。

我在這棟橫跨了臺灣與日本兩大震災區，深具紀念性的建築中徘徊、沉思，想起臺灣的社區發展與非營利組織的努力，在全球化商業競爭之下，力量雖然非常薄弱，但是看到園區裡眾多的民眾，也感受到不少的溫暖與希望。

離開桃米生態社區，也參觀了幾個附近的觀光工廠，包括了做手工繪製傳統燈籠的光遠企業、埔里造紙工廠成立的造紙龍體驗園區，還有幾間令人印象深刻的製茶工廠。

臺灣有許多具有特殊歷史文化意義的產業，本身的產品在全球化大量生產的競爭之下，非常辛苦的支撐著，政府從二〇〇四年起，積極輔導這些有意轉型的工廠，為老工廠換上新裝，除了賣產品也打品牌與形象，同時也希望能形成在地消費的趨勢，讓這些在地的傳統產業不僅可以存活下來，而且還肩負教育的功能，除了民眾與公司旅遊參觀，還是學校校外教學最好的去處。

像這種去工廠觀光，再連結到周邊的旅遊景點，非常符合現代人深度旅遊與體驗式經濟的風潮。就像生態旅遊一樣，臺灣人早已經超越走馬看花的旅遊形式，更有意義且參與感高的生態旅遊，也成為臺灣最時尚的風潮。

的確，臺灣是個生態與人文都非常豐富的地方，能讓國內外遊客看到美麗的寶島，基本上是好事，但是，我們也很擔心，若是以「大眾旅遊」的操作方式與心態去面對生態敏感的地區，尤其遊客數量的「績效」與生態旅遊地必須有的「承載量」限制，這兩個要求恰恰好是相反的。因為生態旅遊基本上不是娛樂消遣式的觀光，而是一種生態保育的工具，是一種賦有教育內涵的環境行動，若是認知不同，操作出的結果就會有天壤之別。

除了生態旅遊之外，工作假期更能給民眾完全不一樣的體驗。所謂工作假期，意思是指藉由參與勞動工作，得到放鬆的功能。也就是這個景點不必費心思建築聲光物質設備給遊客，反而只要提供旅行者一個實際接觸到土地的勞動工作，能夠讓他們參與到生態保育的直接行動，這樣訴諸理想與關懷，或許能吸引到更多品質更好的遊客。

這是一個選擇太多的時代，因此如何說一個好故事，如何以感性的手法行銷，如何讓人透過直接體驗產生精神上或情緒上的突破，比用水泥、霓虹燈堆砌出豪華人工設施來得重要，也是臺灣社區發展的永續之路。

人生太長，長得必須魂牽夢縈；人生卻又太短，短得必須活出精彩。
（日本東京街頭）

我欣賞文天祥所說的：「存心時時可死，行事步步求生。」意思是說：只有常常想到死亡，我們才會好好活著；也只有為死亡做好準備，我們才不會留下遺憾。

我也將它引申為：「人生太長，長得必須魂牽夢縈；人生卻又太短，短得必須活出精彩。」從每一天的生活來看，人生很長，長到我們必須不斷的去追尋、去跟世間萬物有所連結，那麼這一趟人生之旅才有意義；同樣的，人生又實在很短，短得我們必須時時珍惜與把握，才能活出精彩。

如何才能覺得人生了無遺憾，活得有價值呢？我認為是做公益，在不為名、不為利的付出中，最能給生命帶來改變，找到人生的意義與價值。

享受吧！溫泉、溪瀑與森林浴

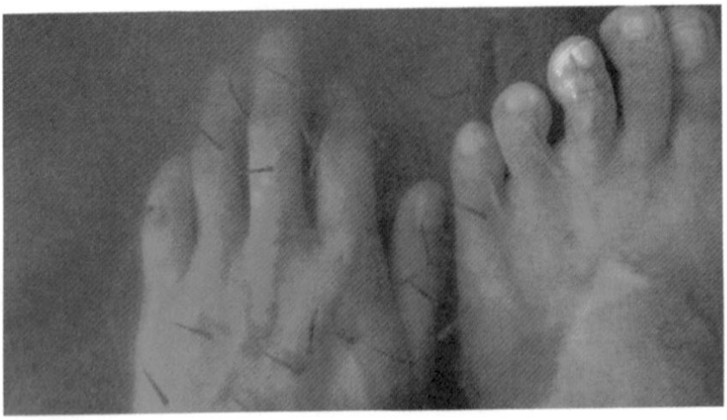

享受吧！
（臺北烏來）

世界大概很難找到一個城市如同大臺北地區，從人煙稠密的首都裡任何一個地方出發，在半個多小時車程內就可以到達國際級的自然景觀。

的確，靠北邊的往北走，有臺北士林區的陽明山國家公園；靠南邊的往新店烏來地區，近在咫尺就有溫泉、溪谷瀑布與內洞國家森林遊樂區。

溫泉浴與溫泉水療是近些年來最熱門的觀光產業，拜地質結構之賜，臺灣有一百多個地方有天然溫泉湧出，其中烏來歷史最悠久，也以溫泉而得名。據說幾百年前泰雅族原住民在狩獵中來到此地河邊，發現河中的水竟然是熱的，驚呼「烏來」，意思是「冒煙的熱」，就以此為地名。

這裡除了有免費的露天溪流溫泉，也有很便宜的溫泉浴池，更有國際級豪華的溫泉水療旅館，各有特色與不同的風味。烏來位於南勢溪與桶後溪的會流處，溪水清澈，魚蝦非常多，坐在溪畔，就會有許多小魚在腳掌邊穿梭，令人驚豔。溪谷四周群山環繞，青翠山巒層層相疊，山鳥在枝間鳴唱，蝴蝶穿梭在花叢間，偶爾青蛙還會跳出來嚇你一跳呢！

溪谷四周群山環繞，青翠山巒層層相疊，山鳥在枝間鳴唱，蝴蝶穿梭在花叢間，偶爾青蛙還會跳出來嚇你一跳呢！
（臺北烏來內洞瀑布）

因為這裡是翡翠水庫的水源區，所以沒有汙染也沒有太多人為開發，南勢溪更上游一點與支流內洞溪匯流之處有個內洞國家森林遊樂區，裡面的信賢瀑布（又稱為內洞瀑布、娃娃谷瀑布）曾被票選為全臺灣最美麗的瀑布，因為內洞溪的河床坡度連續陡降，形成連續三層瀑布的奇特景觀，第一層瀑布落差十三公尺，中層十九公尺，下層三公尺，因為瀑布衝擊所產生的「負離子」與森林豐富的「芬多精」滿布空氣中，呼吸起來不只神清氣爽，對健康也大有助益。

更難得的是，內洞是全臺灣首座有無障礙設計與規劃的森林遊樂區，從停車場經柏油路面到森林步道，以及瀑布觀景平臺的特殊設計，讓行動不方便的朋友都可以很自在的到達。我們在國外旅行時，常在各個遊樂區或自然景觀區看到身心障礙的朋友，但是在臺灣卻很少見到。我想，並不是臺灣身障者的人數較少，而是因為沒有無障礙設施，使得這些朋友沒有辦法得到來自大自然豐富生命力的滋養，常會感慨。這些朋友其實是最需要接近自然的人，卻往往反而最沒有機會。

其實據粗略統計，全臺灣大約有上百萬行動不便的人口，若再加上年長的朋友以及孕婦或是坐娃娃車的幼童，全臺灣行動弱勢的人口應該是非常多的。

除了內洞是第一座無障礙森林遊樂區之外，林務局也正在其他十七座森林遊樂區進行無障礙空間與設施的規劃。當然，這些設施對生態環境是否會造成影響，比如從環保立場來說，透水的步道鋪面比較理想，但從身障者的角度來看，透水性鋪面非常不方便。如何找到折衷點的確必須謹慎思考。

我們也很高興看到林務局在規劃時，就邀請生態保育團體與身障團體一起參與討論，最後才形成內洞森林遊樂區目前一半鋪設柏油，另一半維持原來透水性好的碎石子鋪面，至於木棧道在斜坡面才採用，盡量減少木材使用，也降低對環境的衝擊。

臺灣是個高山多溪流的地方，自然生態豐富但是環境很容易受到干擾而遭致破壞，一方面我們希望大家多接近大自然，除了抒解壓力、促進身心健康，對於美感的陶冶、想像力與創造力的培養也大有幫助，同時自然荒野也可以更新我們生命的能量，產生與萬物合一的連結，這種體會可以安定我們心靈，甚至領悟到生命的終極意義。

可是，另一方面我們也擔心，當所有人都一窩蜂擠到山上去，又會破壞了脆弱敏感的森林生態，因此，規劃良善的森林遊樂區與自然步道大概是可以兩全其美的最好選擇了！大家要多到郊外走走，盡情享受溫泉、溪瀑與森林浴的美好！

重回思源埡口

當我在思源埡口廢軍營的山谷中緩緩走著，當我在閃爍著陽光的大甲溪邊走著，情緒是很複雜的。是啊！好山水，好遊伴，好情懷，人生至此，夫復何求！

回到荒野保護協會的發源地，不免自問：「多年來，你汲汲皇皇，到底所為何來？」

荒野最終追求的是什麼？

我想，荒野只是單純盼望每個人都可以快樂自在在大自然裡起舞！

我常常想起孔老夫子的生命理想：「暮春者，春服既成，冠者五六人，童子六七人，浴乎沂，風乎舞雩，詠而歸。」

林覺民說：「吾願充吾愛汝之心，助天下人愛其所愛。」荒野人充分體會到人與大自然和諧相處的重要，也願意協助大家享受到重回荒野的喜悅，並且願意盡力保留荒野讓後代子孫仍能享有這樣的環境。

當你精神上的享受豐盛飽滿後，哪會在乎吃什麼，住哪裡呢？
（花蓮11號橋溯溪）

大概就是這麼一點初心，才形成荒野保護協會。

仔細想想。上一次到思源埡口是在一九九九年元旦假期，徐仁修老師帶著我們一群人到他的祕密花園，同行的有常務理事黃雍熙、廖惠慶賢伉儷以及常務監事詹炳發賢伉儷，我與蘊慧也在山上度過結婚十週年紀念日。

荒野人都會有個自己的祕密花園。

就像思源組的張由美伙伴（眼科權威、曾獲十大傑出青年）自從加入荒野後，合歡山就成為她的祕密花園。她每個月至少二次，獨自開車從榮總到合歡山，常常就睡在車上，睡在大自然裡頭。

荒野伙伴出遊，對於睡覺，對於各種物質享受，通常是不在乎的，因為當你精神上的享受豐盛飽滿後，哪會在乎吃什麼，住哪裡呢？

因此，在大甲溪畔的和平農場（寨主也是荒野伙伴）

過夜，能有自己一個房間、一張床，倒是嚇了一跳。

早上由宜真帶領賞鳥，幸虧是在思源埡口，不然上午七點半才出發，不知道能看到什麼鳥（偶遇到一位企業老板，興致勃勃中途參加我們的活動，一個肩上繫著一隻鸚鵡帶著到處跑的人，在大自然裡賞鳥，是一幅很好笑的畫面）。據說子凌早上五點多就起床了，在山谷裡看著山嵐及霧氣，拍了許多很棒的相片。

上午就沿著大甲溪溯溪而上。

非常自在而美好。

想起徐老師寫過的一段話：

「多少時候，大自然把一整條優美的野溪、山澗分享予我，我卻常因為趕著匆促的腳步，視而不見，聽而不聞，無法深入領會大自然表相裡更深層的靈性與優美，一直到我走過半生急急忙忙的歲月，才學會了懷著感激與喜悅的心情，悠閒的度過與大自然相處的時光，享受那不可言喻的愉悅。而這正是我從事自然生態保護工作，大自然給我最大、最珍貴的回憶。」

今年夏天，我重回思源埡口。

對未來城市的想像

暑假一開始，就與讀國中的雙胞胎女兒AB寶一起參觀上海的世界博覽會。

有不少親戚朋友擔心參觀的人太多，要排隊好幾個小時才能進入展館參觀，懷疑值得跟一大堆人湊熱鬧嗎？

面對這樣的疑問，我認為這次世博是歷來規模最大的一次，在五平方公里的園區裡，有一百九十二個國家，五十個國際組織，十八個企業，八十個城市，共有三百多個單位，將近兩百棟超大的展覽館，需要花時間排很久的就是少數熱門單位，大部分的展示館應該是不用排隊的，而且這次博覽會也是歷屆以來離臺灣最近的，展示內容與語言也是唯一一次全中文化，孩子的學習效果應該是最大的，錯過了，實在很難再有類似的機會。

世博會號稱是世界各國科技與創意構想的奧林匹克運動會，除了展示各個國家文明的進步，在此地各國人民彼此切磋，從競爭中求進步，同時各國無不在展示館的建築上充分表現自己獨特的創造力。

當人們生活在已經過度人工化、水泥化的都市中，對大自然的渴望反而愈加強烈。
（上海世博俄羅斯館）

每一屆的世博會都會選擇一個與人類未來相關的共同主題，今年除了如同以往，世界各國在此展現科技創意與文化的進步，這一屆特別徵選出八十個城市最佳實踐區，除了探索城市的未來，綠建築、建材低碳化、設計數位化，以及潔淨能源的大規模應用，無不出現在各個展覽館的每個角落，甚至整個世博園區就可以說是個巨大的未來城市科技實驗區。

AB寶對於不管哪一類的展示館、國家館、城市館或企業館都不約而同強調永續發展，也在展覽中安排自然的元素覺得很好奇，我跟她說：「一個能夠讓人覺得美好的城市，一定要是活生生的，充滿生命力的，因此若能在人工的建築中保留一些植物與生物生存的空間，才是符合人性的空間啊！」

白天我們大都在不用排隊卻最有內涵的城市實驗區，到了傍晚，大批人潮散去以後，才到熱門的國家館參觀，原本白天要排隊三、四個小時，我們頂多只排了三、四十分鐘。

俄羅斯館最令人驚豔，十二座不規則形狀的塔樓構成非常大的一個展示館，其中絕大部分的空間卻打造成夢幻花園，在悅耳的天籟聲中，繞行著這個花比人大的不可思議花園，想起美國館播放的一部沒有任何語言對話的4D效果電影，敘述一名小女孩如何將廢棄空地變成茂密的花園。看來，當人們生活在已經過度人工化、水泥化的都市中，對大自然的渴望反而愈加強烈。

走過造形奇特的英國館，我指了那像刺蝟造形的外牆告訴AB寶：「這裡共有好幾萬個細細透明的壓克力管子，每根管子頂端都儲存著一顆來自英國皇家植物園的種子，種子往往象徵了未來與希望，尤其最近這些年為了避免各國的物種受到全球氣候變遷或傳染病的影響而滅絕，為了保持生物多樣性，聯合國也做了許多努力，包括去年在北極圈裡的冰山洞穴興建了全球種子庫，稱為諾亞方舟計畫，臺灣也提供了包括蔬菜、水稻、雜糧等一萬多顆的種子儲存在那裡呢！」

在城市最佳實踐區的寧波館的中庭裡，圍繞滿水蜜桃和草莓的中央，居然是一畝綠油油的水田。躺在「天動地動」的展廳地板上欣賞天花板與四周牆上播放的影片，想不到地面開始湧動，形成此起彼落的波浪，讓我們全身感官幾乎身歷其境的體會了這個先總統蔣公家鄉的自然風光。

B寶騎著自行車在丹麥館裡上上下下繞行著，A寶也在歐登塞這個自行車復活的城市館裡炫耀著她騎獨輪車的功力，也問著我說：「不管走到哪裡，在影片或展示看板中不斷看到的低碳城市，到底是什麼意思？」

低碳城市是當前國際大都市致力追求的目標，除了是防止全球暖化，節約能源，也能降低環境汙染，增進生活品質。低碳城市除了要提倡綠建築，最重要的是整個城市的規劃設計觀念的改變，比如將從車子為主的城市街道還給行人，馬路應該除了交通，還可以讓人在這逛街、遊戲、吃飯、喝咖啡，也就是營造出一個可以散步的城市。當然，鼓勵自行車當作通勤的交通工具，用大眾運輸系統取代每個人開著自己的小轎車，這些都是建立低碳城市最基本的條件，但是，最重要的關鍵是不只建築綠起來，整個城市也要綠起來，相信人與自然可以和諧相處，讓城市不只是適合人住的地方，也能夠成為其他小動物的棲息地。

AB寶似懂非懂的聽著我的感慨，不過我相信她們從這趟世博之行，不只看到了世界，也看到了未來城市的可能性，我想這對正在成長與學習中的孩子是很有價值的收穫。

看了各國對未來城市的想像，不免回過頭想，我們想要怎麼樣的城市？

若你問我，我的願望很簡單，我希望我居住的城市可以散步，可以沉思，可以使我安心坐下來讀書或晒太陽。我可以在都市公園的小小池畔，看著野鳥覓食。

世界上著名的城市，絕不會因為市中心多了一座占據公園綠地的大運動場而名揚國際，反而會因為生活空間中的綠蔭使人願意住下來。

親愛的朋友，你對城市有什麼想像？

花博，隨想

從大型的博覽會裡最可以看出世界趨勢與未來的面貌，二〇一〇年的上海世界博覽會到臺北花卉博覽會，不管是大會主題、展館設計與展出內涵，都可以看到未來人類的生活必定會朝向環保節能的低碳社會，其中又以號稱集時尚、環保、科技於一身的方舟流行館為代表。

說時尚流行，除了館內的服裝設計展這些過去定義時尚的商品，其實環保與綠能科技本身，就是從現代到未來最夯的議題。這個展示流行的館舍，命名為「環生方舟」，希望呈現它是一艘承載著環保意義的船，更特別的是，建築主體用了一百五十二萬支回收寶特瓶作成的透明六角磚瓶，相扣成形，這棟高三十公尺，寬一百三十公尺的巨大船形建築物是零碳排放，也就是所有能源電力百分之百都來自於屋頂的太陽能板。

其實除了這棟流行館之外，在新生公園的「夢想、未來、生活」三個館，更是獲獎的鑽石級綠建築。這些

承認災難已不可避免，接下來我們要做的是調整目前的設備與結構，去適應與災難共處，設法在災難來臨時降低損害。（臺北世界花卉博覽會）

年在世界各地不斷出現造形獨特的綠建築，但是絕大部分都還是公共建築與辦公商場為主，我覺得未來所有的一般居民住家也必須是綠建築才是低碳社會的關鍵。當然，我們不可能把過去幾十年所營建的無以計數的房子拆掉重蓋，地球已不可能有那麼多資源與能源提供我們這麼做，那麼不久的將來我們就需要無數的綠領工作人才，將這些既成房子修補改裝成較不耗能源的結構，因為可預見的未來，當石油、煤炭、天然氣這些化石燃料即將耗盡之際，能源價格一定會漲到一般民眾負擔不起，因此，我們現在所說的低碳社會其實不是一種道德訴求，而是將來不得不面對的現實與生存之所賴。

當然，有人會樂觀的期待科技會解決一切，反正化石燃料用完前，應該會有再生能源或替代能源可用，可是，以全世界至今出現的一切能源科技，可以說頂多當作典範模型的作用而已，即便傾全力推展，所產生的動力或能源，絕對來不及在化石燃料供不應求前就定位。

因此，比爾・蓋茲在全世界頂尖科技人才與大企業老板齊聚一堂的論壇中作專題演講時，曾戲劇化的在全黑的會場中放出一大罐螢火蟲，提醒大家，除非這些年能發展出革命性的科技，不然未來世界即將面對無法存續的難關。

或許也因為這種迫切的危機，這些年方舟的概念不斷在各地方出現。《聖經》中提到的方舟，是世界即將被洪水淹滅，上帝要諾亞造一個超大方舟，收留不同的物種，讓生命得以繁衍延續。

二〇〇六年芬蘭政府在北極圈千萬年沒有變動的永凍土裡，挖了一個又深又大的種子庫，收集保存了全世界數百萬種的種子，以待世界毀滅後，殘存的人類得以營造出新世界。類似的種源庫除了芬蘭，近些年各個國家與機構也都非常積極的建造，因為面對全球環境變遷，目前的概念已從「預防」轉變成「調適」。

所謂調適就是調整與適應，換句話說，就是承認災難已不可避免，接下來我們要做的是調整目前的設備與結構，去適應與災難共處，設法在災難來臨時降低損害。

的確，我們如何將有限的資源，在還來得及的時候，做最好的運用，是從政府到民間，甚至是我們每個人在面對未來時，最大的課題。

其實從宏觀的角度來看，臺灣就像一艘巨大的方舟，當後石油時代來臨，臺灣無法從外面獲得任何資源時，我們二千多萬人口，有沒有辦法在這艘方舟上自給自足存活下來？面對這個問題我們必須念茲在茲，並且在每一天的行動裡，努力去建構出永續的方舟。

重新看見新店溪畔

讓新店溪從水泥高牆中釋放出來。
（新北市新店溪畔）

最近這幾年，騎單車已經是最夯的休閒活動，單車環島、游泳橫渡日月潭及登玉山，這三項已成了許多臺灣人一生要完成的三項挑戰。

再加上這幾年民間發起「千里步道萬里腳踏車道」的運動，各級政府也從善如流，在山邊水澤都有步道，同時沿著溪流河岸，幾乎都設有專用自行車道，讓大家有機會從另一個角度回望都市，民眾也似乎有機會重新看到都市中的河流與山脈。

自古以來，為了取水方便，人類大多在溪流附近群居，形成村莊與城鎮，因此，所有古老文明總是依著河流而形成。

直到沒多久以前，人們要出城進城，離開家鄉或進入另一個城鎮，感覺是非常鮮明的，因為往往我們必須渡河或者過橋。

可是隨著都市文明的興起，馬路愈來愈大，橋也愈來愈寬，甚至到現在橋與馬路都分不清了。而且我們的橋幾乎已變成車輛專屬，而不再適合行人使用。車輛走在橋上，往往看不到河流。這些年更是變本加厲，沿著河道興建的快速道路一層疊一層，為了安全，河岸全築滿高高的堤防，至此，河流就從人們生活中消失了！

沿著淡水河、新店溪興建的水源快速道路，這一條路其實也是我自己這十多年往來於位於三重的診所與景美的荒野總會及新店山居住家的主要交通幹道。

說方便的確是方便，但是，在橋上飛馳時總想起當年為了反對興建蘇花高速公路，邀請名小說家黃春明先生發表看法時，他所說的：「車子從一個城鎮上高速公路，或進入隧道，然後鑽出隧道，下了高架的道路後就抵達另一個城市，只有點與點的接觸，完全無法感受到人類文化演進隨著地理環境與條件不同所形成的不同樣貌。」的確，追求快速就只能以點對點的方式而不是沿線隨時可停、可看，甚至可以在精神上感受到各種起伏變化的豐富。

其實除了刻意鑽過小小的堤防水門或攀爬得尋找半天才能看到隱蔽的窄窄樓梯，我們是無法接觸到河流的，因此除了少數單車運動者，絕大多數民眾在生活中是感受不到河流原來就在我們的身邊。

就像是臺北市逛街人潮相當多的公館夜市，汀洲路離新店溪才不過幾十公尺距離。這區域也是從新店、中和、永和往來於臺北的必經之地，每天有數百萬人次橫跨新店溪進入市區。但又有誰注意到河流就近在咫尺呢？

最近有許多伙伴為了守護兒童交通博物館（即將改建為客家文物園區）裡的數百棵老樹而奔走，剛好臺北市政府的刊物《臺北畫刊》的記者來採訪，我也趁機表達我對臺北市的夢想：臺北市的古亭、公館、景美地區隔著新店溪與臺北縣的中和、永和及新店相望，原本位在樞紐地區的國防醫學院及三軍總醫院已搬遷而空置荒廢，若是加上北邊相連的兒童交通博物館與青年公園，南邊的自來水博物館，整個區域再往西連接到河岸至少有三百公頃以上的空地，只可惜目前被非常高大的河堤與環河快速道路所阻隔，民眾無法接近（這也是兒童交通博物館無法經營的原因吧？），若是能夠將整個區域整體規劃，利用拆除三總與國防醫學院後空出的四十多公頃腹地，想辦法構築泥土緩坡跨越馬路與水泥堤防，讓民眾從臺大、公館鬧市，在散步中不知不覺就可以走到河岸，從河岸再看到中永和與新店，這個在大臺北盆地正中心的河岸綠地。若好好營造的話，我想一定不會輸給歐洲的塞納河或萊茵河的。

這個夢想的困難度其實並不高，因為三總、自來水博物館與兒童交通博物館都是國有財產，沒有民眾土地徵收與拆遷補償的問題。

若是想找一個能夠使臺北有真正令人驚豔的改變，及與民眾福祉與感受休戚相關的建設，讓這個每天數百萬人口必經的精華之處，從水泥高牆中釋放出來，絕對是最佳的選擇了！

帽緣滴下最真實的愛

前些年曾經陪同公共電視的記者到新竹縣竹北的蓮花寺附近，拍攝荒野保護協會管理中的食蟲植物生態復育區。看著十多位志工在烈日下幾近趴在地上的工作，汗水從他們的帽緣下一滴一滴不斷滲入乾旱的土壤中，記者看了也非常動容。

在自然界中，植物通常扮演著生產者的角色，因為它們多半具有葉綠素，可以行光合作用，將空氣中的二氧化碳轉變成碳水化合物，成為生長所需的能量來源，而動物無法自行從空氣與陽光中獲得能量，所以只好以攝取其他生物來獲得能量，因此被稱為消費者。可是有一些植物打破這樣的原則，反過來會攝食動物維生，這就是我們通稱的食蟲植物。

為什麼這些植物要吃蟲？其實植物除了碳水化合物，也需要蛋白質以及各種營養素，通常是靠根部從土壤裡吸收，但是若土壤很貧瘠，無法獲得足夠的養分時，就只好用誘捕昆蟲的方式了。

這個位在竹北的生態復育區裡生長著全世界只有臺灣才有的食蟲植物「長葉茅膏菜」，因為它喜歡偏酸性的濕地，常生長在半乾不濕的環境，而且土壤中的養分必須容易被淋濕流失而缺乏，換句話說，這個地方必須貧瘠到其他植物不容易存活時，食蟲植物才有機會繁衍。

可惜的是，民國八十六年西濱快速道路開拓，休閒區域增加，造成地下水量減少，另一方面又在山谷邊興建攔砂壩，土壤的養分得以累積等等因素，使得許多適應砂質乾地的植物不斷入侵，造成全臺僅存的食蟲植物棲地面臨滅絕的危機。因此，這一群來自荒野的志工十多年來在這裡進行人工的棲地復育，希望能將食蟲植物的棲息地保護下來。

這些人長年做著費力又耗時、看起來似乎很蠢的鋤草及搬草的工作，想除去食蟲植物的第一競爭者白茅（一種該長在乾旱、酸性沙土的禾本科植物），讓食蟲植物有喘息及照到陽光的空間。這些志工在烈日及寒冬中，默默拔著草，每去除一棵，心中就會有一點點喜悅，想著食蟲植物可能因為自己的努力而得以生存下來；又擔心拔下來的草在原地分解會讓土地變得肥沃，使得原本適合食蟲植物及其他濕地植物生長的條件變為不利，於是又將這些草全部搬到濕地外的坎坡下堆放。幾年來的努力，長葉茅膏菜的數量由原有三十九棵增加到約數千棵左右。

不過除草雖然是可以暫時減少競爭物種的方法，但是棲地環境的經營及改善才是重要且長久之計，因此除了有人努力鋤草，也有人在做物種生長紀錄，更有許多人努力討論著這個區域該如何恢復到無人員介入也可以自然永續維持的狀態。

想著食蟲植物可能因為自己的努力而得以生存下來，心中就會有一點點喜悅。
（新竹蓮花寺食蟲植物）

採訪完，在回程路上，記者很好奇的問我：「這麼枯燥單調的工作，如何能讓這麼多志工年復一年、日復一日的奉獻呢？」

其實這些年來，我在各種不同場合也不斷被問到這個問題。在荒野裡，無以計數的志工，對社會已付出遠遠超過他們該盡的公民責任，甚至竭盡所能，犧牲自己的物質享樂，乃至賺更多錢的機會，在各個地方，流汗付出，不求名也沒有利，卻能持續奉獻，我想，這除了是個人生命價值、生命意義的自我實現，還有的就是那一分對於萬物生命的同情與悲憫，以及期盼未來世代仍能享有好環境的一種分享之心。

當然，伙伴之間彼此溫暖的互相鼓舞打氣，也是很重要的原因吧！

我常會覺得，我們個人的力量或許微弱，就像一支燭火的光量很有限，但是一棒接一棒，一支點燃一支，我們相信這種溫柔的力量會綿延下去匯聚成洪流。

或許，我們在其他人眼中是個傻瓜，但是我們雖然傻，卻活得興高采烈！

陰陽萬物相生相長的體會，從小就烙印在我心底。
（臺北市巷弄中仰視浮雲）

從小隨著父母親在參拜各個寺院廟宇時，就很納悶，怎麼一樣莊嚴的殿堂上，卻供奉個兩種截然不同的雕像，一種是令人心生歡喜的慈悲容顏，另一種卻又是令人驚懼的憤怒可怕凶神。

長大後，斷斷續續翻閱了一些經典，才知道，不管是菩薩低眉或是金剛怒目，這些看似截然相反的典範，卻都是佛菩薩對人間大慈悲的展現。

這種一體兩面，陰陽萬物相生相長的體會，從小就烙印在我心底。

媽祖與眾生

大學時有同學住在大甲，第一次聽說大甲媽祖徒步到雲林北港進香的民俗，後來看到奚淞在民國七十四年演講時提到曾經採訪大甲媽祖進香團給他的震撼，自此想去大甲的念頭就一直擺在心裡。直到二十年後，才真正付諸於行動。

利用要到臺中演講，以及要到臺南參加活動的空檔，去見識了媽祖起駕的盛會。

上萬的信眾，包括年長的阿公阿嬤、年輕的大學生，甚至有不少外國遊客，一同共襄盛舉。鑾轎起駕，四起的鞭炮、煙火，「霹靂啪啦」的震耳欲聾；香煙裊裊中，我看見信眾虔誠的臉，讓我想起奚淞的演講稿：

等到走出大甲鎮，進入黑夜田間的路上，沒有火光，四周靜悄悄的，然而兩萬個人，每人拿著一支香，就好像是夏夜裡無以數計的螢火蟲一樣從路上走過來，我又看呆了。……這件事除了宗教信仰之外，我覺得還是一個了不得的活動。如果各位當過老師，有沒有帶過五、六十人出去郊遊？或是你們一個團體、一群朋友約一、二十人出去玩過？往往是你一言我一語的弄得不太好，或是出了點什麼意外。可是這兩萬人沒出一點意外，而且不只是這兩萬人的事情哦！他們每到一站，比如是吃午飯的時候，到了一個打穀場或某一地點，當地的百姓已經把宴席擺好，或用竹籃子、竹簍子等把飯菜裝好，或是一缸缸冰凍的汽水，就擺在路邊隨便你吃，大家也都吃得非常高興。這真是一個偉大的村鎮聯誼活動，而且是一路走，一路在聯誼中。我忽然覺得：這些人可以組織得這麼好，可以情感交流在一個目標下，是誰使他們做到的？在傳統觀念裡，這些阿公阿婆都是農夫農婦，是拿著鋤頭在田裡耕種的，他們的生活一定很狹隘，一定沒有太多的娛樂，可是他們一組成進香團時，就可以是如此偉大的郊遊。其中很可能有許多問題值得探討，不論是宗教的、民俗學、人類學、社會學的……，都值得研究。我也第一次感覺到人原來不是那麼孤絕，也不是那麼虛無，更不是空白，而是充了聲光顏色。

媽祖進香經過數十年的演變，再加上逐漸混雜地方派系及政治的影響，以及媒體宣傳的因素，似乎已不再單純。

回溯歷史，大甲鎮瀾宮創建於二百多年前的清朝雍正時期。在清朝時大約每十多年就會舉辦到大陸湄洲進香，直到日據時代，禁止臺灣船隻對大陸直航，於是進香活動就中止了。到了民國初年，因為大甲鎮瀾宮重修必須辦活動來募款，同時剛好雲林北港朝天宮大修剛完成，當地商人名流想藉機宣傳，於是就有了「大甲鎮瀾宮天上聖母往北港進香」的活動。到了民國二十六年起因戰爭停辦，直到三十七年恢復舉辦，當時參加的民眾才一百多人。但是人數年年增加，陣容也愈來愈大，到了民國七十六年時已達十餘萬人了！

我的感觸如同奚淞，覺得臺灣有很多民俗是我們所不瞭解的，也難免感慨，即便我們共同在臺灣這一塊休戚與共的土地上生活，但是事實上，我們與許多人卻好像住在不同星球上一樣，彼此的生活與思考，幾乎是完全沒有交集。有這樣的體認，會讓我們更謙虛，並且嘗試開放自己試著從不同角度看世界，即便做不到，也要提醒自己尊重不同的想法。

畢竟就是眾生不同，世界才顯得多采多姿啊！

蜂炮的聯想——滄海桑田看鹽水

平日的忙碌或為生活奔波辛勞的壓抑與苦悶，在四處飛揚的炮火與尖叫聲中得到抒解。
（臺南鹽水蜂炮）

以現今的標準來看，鹽水只是臺灣一個相當普通的小鎮，但是最近這些年因為重拾百年前「放蜂炮」的習俗，變得家喻戶曉。但是大家大概不知道在三百多年前，鹽水是全臺灣屬一屬二的大商港，可容船百艘，入夜漁火千燈熱鬧非凡。

許多人都聽過「一府二鹿三艋舺四月津」這句話，形容清代臺灣最繁榮的四大都市，但是卻很少人知道「月津」就是現在的鹽水鎮。

當年，鹽水位於急水溪彎曲地帶，市區的東南西面全被溪流及支流圍繞，整個地形有如一彎新月般的潟湖，因此又稱為月津或月港，在市區的南邊與北邊各有一個港口。後來南邊的港口附近因為帶有鹽分的海水侵入，因此改名為鹽水港，市區就逐漸以鹽水稱之。在乾隆時期，廈門、泉州來臺的船舶多在此停靠，商業繁榮盛極一時。

但是到了清光緒初年，月津港淤塞，而且光緒十一年瘟疫盛行，再加上光緒二十一年馬關條約簽訂後，日本親王在此曾有一場大屠殺，一連串遭遇，終於導致鹽水的沒落。

早年臨海的港口，如今僅留下一方池塘，上有一座興隆橋。

鹽水放蜂炮的習俗來源，據說因為清光緒年間，這地區流行瘟疫（大概是霍亂之類），死傷慘重，民眾求助於武廟的關聖帝君出巡鎮法，卜卦後選擇農曆正月十五晚上出巡遶境，神轎所到之處，各戶燃放爆竹，驅走瘟疫，後來民眾依例行事，於每年元宵節即放蜂炮，並且有愈放愈發的說法。

記得大學在校最後一年，看到學校有社團舉辦到鹽水看蜂炮的行程，報名時已額滿，於是就自己訂了部遊覽車，號召了一些同學，以及在學校圖書館拉了些學弟妹，湊足一車的人，大伙分擔車錢，傍晚從校門口出發，天亮返回學校，剛好可以趕得上第一節課。

一到會場，四處都是人，幾乎是前胸貼後背，因為裝備完整——全罩式安全帽、圍巾及粗布衣褲，所以我除了拍幾張相片留作紀念，大部分時間都緊跟在神轎後面，因為神轎在各炮城前奔跑衝撞，會留出較大的空間。

仗著有全副武裝、滴水不漏的裝備，我拉著蘊慧跟在神轎後面跑。人馬雜沓中，蘊慧安全帽的罩子撞鬆脫了，剛好一支蜂炮就卡在縫隙中炸開，把她耳際的頭髮給燒焦了；另一支蜂炮也卡在她胸前衣服鈕扣間，結果三層衣服都燒出一個洞。反而擋在她前面的我，毫髮未傷。

接受四面八方的蜂炮攻擊，真的比在成功嶺接受砲擊的「震撼教育」來得刺激。

整個晚上我們就跟著神轎四處遶境，到了半夜二點多，才拖著疲憊的肉體以及仍然亢奮的精神回到遊覽車裡。這也是大學生涯裡最後一次的狂歡，接著過沒多久就到醫院當實習醫生，進入生命另一個階段。

鹽水蜂炮彷彿是國外的嘉年華會，在平日的忙碌或為生活奔波辛勞的壓抑與苦悶，在四處飛揚的炮火與尖叫聲中得到抒解，然後再乖乖回到日復一日的規律生活。

天驕之地——額爾古納

我看到

對於夢想，用嘴巴講講很容易，但是願為它投入生命的代價，就很困難了。

行有餘力的實踐理想也不難，但是當面對巨大壓力仍能堅持到底，就難能可貴了！

二〇〇五年六月，我在中國最北的行政區域額爾古納，看到了一群人，為了內心深處的夢想，以源自生命的熱情在努力著。

是的，一個人要擁有多大的勇氣，才能面對龐大的社會主流價值壓力；要有多深刻的反省，才有信心在現實與理想中找到平衡點；要有多積極的行動，才能在極度競爭的環境中開創出未來的可能性？

在這個天驕之地，這個一代天驕成吉思汗發源的地方，我看到有一群人，承繼著來自於祖先的傳統，守護著這片吉祥之地。

她太美了，太寶貴了，她是那麼自然、那麼流動、那麼協調……
（中俄邊界河額爾古納河）

母親的河

額爾古納是一條河，是被北方游牧民族稱為「母親河」的聖地，這條河也是中國極少數保持原始天然，沒有任何人工建設的河。

額爾古納是一個縣，一個在將近三萬平方公里上住著九萬個居民的縣。它位在內蒙古東北角，與俄羅斯緊緊相連，東部是大興安嶺，西邊是呼倫貝爾大草原，其間是非常豐富的濕地生態系。

額爾古納是古老而神奇的土地。蒙古族在此發源，當年成吉思汗在世界各地征戰兵疲馬累時，總會回到這片水草豐美的故鄉，休養生息。

這麼一個只要來過，就很難忘記的地方，主要是源自於這裡令人感動與震撼的生態，是這麼浩瀚、豐富、純美，而且又充滿原始的生命力，再加上蒙古的歷史與文化，以及現在由許多不同民族融合共生形成的豐富而多元的社會文化。幸好因為她地處偏遠，在過去數十年來發展緩慢，無意中保存了這個天然的自然博物館，反而在今天提供了更大的發展潛力。

從農牧業跨越至生態城市

額爾古納的自然環境所面臨的問題，與全世界各個地區承受的經濟開發的壓力一樣，尤其在中國，這些年極度重視GDP（國內生產毛額）的增長率競賽，甚至幾乎當作各個行政首長施政成績唯一的評比指標時，額爾古納能否走出新的經濟社會發展之路，其實是一個非常具有關鍵性的典範指標。

過去，以農牧業為主的「綠色區域」，常被視為落後貧窮的象徵，往往都希望快速的轉型成「灰色」，以水泥建築及工廠煙囪代表工業經濟的發展。可是，現代世界的潮流以及人心的需求，又期望能住到充滿綠色的生態城市。衡諸世界，各個地區的發展往往循著「先汙染後治理」、「先破壞後重建」的痛苦經驗，因此，我們對於額爾古納有決心不模仿一般工業化的過程，直接從農牧業跨越至生態城市，抱以極大的期望。

二〇〇二年，新的領導團隊來到額爾古納，錢瑞霞市長立刻被額爾古納的靈山秀水所感動，雖然她還是會面臨任何決策者的兩難：在現實且短期面對的生存壓力下，如何兼顧屬於長期的生態保護？

錢市長在訪談中這麼表示：「……她太美了，太寶貴了，她是那麼自然、那麼流動、那麼協調，你動她任何一點，都不如上天造的美好，我們只能盡一切辦法來保護她……」

因此，錢市長堅持額爾古納的招商，以不破壞生態環境為第一優先，雖然這個原則拒絕許多可以迅速帶來大量稅收、迅速提高GDP、以快速的經濟發展來坐穩官位，甚至步步高升的機會。錢市長說：「我心中有一個夢想，那就是不但要把額爾古納建設成一個富庶的地方，而且還要為子孫後代，守護好這片珍貴的環境。」

為了這個夢想，錢市長投入所有的心力，同時也感動了許多專家學者以及企業的心，呼群保義，大家也提供了許多的意見與協助。

經過深入的調查與討論，額爾古納確立了三種優先的產業：乳業、旅遊業以及口岸經濟。比如說，乳業獲得雀巢奶粉的協助，從年產二十多噸增至二百多噸，讓五千牧民有了可靠且穩定的收入，同時到二〇〇五年底之後產量達六百多萬噸，包括了全縣的乳牛養殖，這也就是說確保了將近全縣一半人口的生計問題。

旅遊業的發展也是如此，根據環境的承載量，規劃屬於較高收費且回饋到當地住民生計的生態旅遊及文化旅遊。

世界的額爾古納

錢市長到了額爾古納後，成立了生態與環境建設管理委員會，包括了各級政府主管，由她自已擔任主委，規定在額爾古納，砍任何一棵樹，都必須經由她同意，任何城市建設或施工都要由她來批准。

同時，她也將所有政府機關的圍牆拆掉，讓整個城市與自然更融合。

我本來很納悶，為何一個人可以有那麼大的勇氣與毅力來面對種種超乎想像的挑戰？一直到我看到她在接受媒體的採訪才明白，她說：「我們怎能想像，額爾古納沒有了，大興安嶺沒有了，呼倫貝爾沒有了……」說著說著，她哽咽了！

是的，因為愛，因為對土地深沉的愛，讓她有了絕大的勇氣與力量。她說：「為了我深愛的額爾古納，現在我幾乎可以捨棄任何東西。」

就是像錢市長這種可以捨棄任何東西的奉獻精神，讓我們對這個世界還存有一些信心。我想，這個時代如果還有一點希望，是因為有些人仍然願意在世俗的名利之外，懷抱理想，並且一生為它奉獻不渝。

我同意錢市長說的：「額爾古納不僅是額爾古納人的額爾古納，她還是中國的額爾古納，甚至是世界的額爾古納。」

我們願意在此呼籲，也支持，更樂觀的期待，一個屬於全世界的額爾古納，一個天驕故地、美麗的額爾古納，能在世人的呵護下，永遠保存她的美好與純淨。

或許故事是屬於別人的，但是如果感動了我們，它就會跟我們的生命編織在一起。
（花園新城住家大年初一朋友來團拜）

自己說故事或聽別人說他們的故事，是人類文明演化中很重要的關鍵，從蹲坐在樹上互相整理對方毛髮、抓跳蚤、互相交談開始，然後爬下樹坐在營火邊聊天，到每個父母親在床邊為孩子說故事，故事從來都是人們整理經驗，獲得意義與尋求溝通的重要方式，因此，推動兒童哲學教育，經常在說故事的楊茂秀教授不斷提醒大家：「能夠把自己的故事好好說給人家聽，或好好傾聽別人說他的故事，是對人最基本、最重要的尊重。」

聽到精彩的故事後，會「啊！」一聲的感慨，這個驚歎，就是我們重新認識這個世界的時候，也就是對舊經驗的重新詮釋，對已熟悉的事件有了不一樣的體會和不同的理解。

或許故事是屬於別人的，但是如果感動了我們，它就會跟我們的生命編織在一起。

在天涯的盡頭尋找夢田

每個人心裡一畝田，
用它來種什麼？
種桃，種李，種春風……

看著由時報出版、褚士瑩所寫的《在天涯的盡頭，歸零》這本書，不禁想起多年前由三毛作詞的這首〈夢田〉，的確，人人心中都有一畝夢田，只要到一定年紀，這個童年栽下的種子，就會不斷前來呼喚。

知道褚士瑩是非常多年以前的事了。讀完醫學院在馬祖南竿島服役時臺灣才解除戒嚴，在那段時間前後臺灣才開放一般民眾以觀光旅遊的名義出國，退伍後在醫學院繁忙的工作之餘，看到褚士瑩寫的小說，也陸續看到他在二十來歲時，靠著打工攢錢，就旅行了近百個國家的神奇經歷，實在是非常羨慕也有點嫉妒這個年輕人。

這些年來斷斷續續的看著他的書，也間或看到報章媒體對於他的報導，知道他雖然曾經在跨國大企業當專業經理人，卻決定從三十歲起全職投入非營利組織工作，利用他的企管專業，協助公益團體的發展；也知道他雖然仍然在世界各地飛來飛去，但是卻是在推動公益旅行這種新的旅行模式，直到近年赫然發現他居然在對臺灣而言相當陌生的國度，經營一個從公益出發的有機農場，一個最專業最有國際觀的企管人才，怎麼轉變成最在地而植根於泥土的農夫？這本書在他娓娓道來中，總算解答了我的疑惑。

二〇〇二年起，也是在褚士瑩擔任國際NGO顧問的第六年，他接到一個可以回應小時候想做農夫的志願的計畫，到緬甸北部的弄曼山區去成立一個環保農場。

這片山區原本是一片荒涼無人的熱帶叢林，佃農們像游擊隊那樣，每年進入山林掠奪資源，一季噴灑幾十次農藥，收成後放一把火燒山，沒有人知道什麼時候這塊土地還能再利用，但是慢慢的，在褚士瑩費了幾年的努力後，一個多種族的有機農作社區形成了，整個弄曼農地也變成自然生態系統的一部分。

很佩服褚士瑩在非常年輕時就很自覺的成為一位務實的理想主義者，知道在獻身於公益團體之前，要先有非常專業的學識與經營管理經驗，同時要先確保自己在財務上無後顧之憂，最重要的是，他瞭解到，在社會服務過程中，「學習放棄」、「學會歸零」，拋掉過去所學的知識、拋棄舊習慣，反而是形成有意義的改變的最重要關鍵，誠如士瑩所說：「只有一雙願意傾聽的耳朵，願意放棄所學所知，才可以『剛剛好』給了別人最需要的東西。」

只有一雙願意傾聽的耳朵，願意放棄所學所知，才可以「剛剛好」給了別人最需要的東西。（緬甸弄曼農場，褚士瑩提供）

許多從事公益活動或從事社會改革的熱血青年，總是以為自己掌握了知識與真理，因此會以強烈的態度指正別人，卻忘掉了一個人只有在自我承諾的行動與付出的過程中，才會發展出改變自己的力量，這種改變不可能來自別人的強迫或威脅，也不可能來自別人的教導或訓示，因此透過尊重與包容，溫柔的傾聽別人的內心，從別人的感受出發，留有空間來等待，才能讓他們從點點滴滴的行動中累積出改變的力量。從士瑩描述他在緬甸弄曼有機農場長達七、八年的努力，我們真實看到這種溫柔革命的力量。

不過，還是頗羨慕他可以真正回應與實現童年的夢想，也想起這些年正在興起的「半農半X」的新生活觀，也就是一個人花一半的時間做農夫，種自己吃的菜，另一半時間找到自己的生命職志，貢獻社會。褚士瑩的生命之旅也讓我們相信，一定有一種生活，可以不再被時間或金錢逼迫，回歸人類本質，也一定有一種人生，在做自己的同時，也能貢獻社會。

旅行是許多人一輩子始終縈繞心頭的嚮往，但是正如士瑩的提醒；旅行並不是美好人生的代名詞，旅行只是美好人生的第一步而已，透過旅行看到外面的世界以後，決定怎麼為自己的人生踏出第二步才是最重要的。

因此，旅行不只是從一個地方到一個地方的活動，更是一個人尋找內在心靈的過程，在旅途中，我們可以安靜的面對自己和這個世界。這也許是許多朋友參加完士瑩推動的公益旅行後，回到臺灣做出改變自己人生軌道的原因吧？

或許，真正的發現之旅，不是尋找新世界，而是用新的視野看世界。

與熱帶雨林共舞

飛向熱帶雨林的國度

婆羅洲是世界第三大島（臺灣的三十倍大），也是距離臺灣最近的熱帶雨林。熱帶雨林是地球的肺，也蘊藏最多物種，可以說是地球最重要的生物基因庫。

婆羅洲島北部包括屬於馬來西亞的沙巴州及沙勞越州，以及南部屬於印尼的加里曼丹省，在沙巴及沙勞越之間還夾有一個小小的獨立國家汶萊。

婆羅洲全境有百分之八十以上的面積是熱帶雨林，赤道橫貫其中，山多、叢林多、原住民多，一直都是全世界的探險家及學者的天堂，近十年來，沙巴及沙勞越州政府積極規劃國家公園及度假飯店，大力將豐富的原住民文化及生態資源轉為觀光資源，努力在人與大自然間求取平衡。

中華民國荒野保護協會為了擴展海外分會，曾到沙巴及沙勞越，除了與當地保育團體及官員會面外，也設立分會籌備處，同時也到熱帶雨林做些觀察與記錄。

紅毛猩猩與大王花

沙巴與沙勞越都有紅毛猩猩復育中心。多年前，臺灣曾盛行過以紅毛猩猩當寵物，後來在國際輿論壓力下，才將這些保育動物全送回牠們的老家——婆羅洲熱帶雨林。這些復育中心主要就是將這些來自臺灣的紅毛猩猩施以「求生訓練」後，再重新野放回叢林。

紅毛猩猩個性溫和，智商很高，當地原住民稱牠們是「雨林中的人」，食物以水果為主，可以算是素食者。

在沙巴，我們運氣不錯，還看到了世界最大的花——大王花（佛來氏花）。花的直徑可達一公尺，直接從寄生的藤蔓上冒出來，沒有葉也沒有莖，只有大大的幾瓣紅葉片，散發出腐爛死老鼠的味道，吸引了許多蒼蠅。說我們幸運是因為不太容易見著，又無法人工培育，再加上結苞期長達九個月，開花卻維持不了一個星期，所以許多人就算要專程看大王花盛開還不見得遇得到。

在長屋中與原住民共舞

東南亞一帶有許多原住民部落是以長屋的形式共同生活。文明的腳步已使得大部分的原住民文化消逝，在婆羅洲留有真正長屋文化的部落已不多，因此沙巴政府為了觀光及文化，設置了一個村落式的觀光長屋，讓觀光客可以住到原住民部落，感受一下沒水沒電的原始生活。

雨林中的人——紅毛猩猩。

長鬚野山豬在林間漫步。
（馬來西亞婆羅洲）

晚上，在長屋的微亮油燈下，荒野伙伴們盡情的和語言不通卻笑容滿面的原住民老少比拚竹竿舞，跳老鷹舞，到後來幾個原住民長老拿出自釀的小米酒與我們拚酒。

離開長屋，我們轉往沙巴的神山國家公園。神山是東南亞第一高山，我們沒有登頂，主要是在雨林中的吊橋觀察雨林的夜行動物。神山國家公園為了觀察或研究，在大樹與大樹間離地三十至四十公尺高處，架設了許多僅供一人行走的簡易木板吊橋，如此一來，人們可以觀察到動物而不至於干擾到牠們。

除了晚上在吊橋上穿梭於樹梢，白天我們也在林中步道漫步觀察。走著走著，忽然聽到身邊有聲響，轉頭一看，原來一隻小小的松鼠從地面跳上樹幹，說時遲那時快，就在我正頭頂不到一公尺處竄出一道黑影撲向那松鼠，那松鼠從樹幹掉下來。定睛一看，哇，一條飛蛇正纏住小松鼠。那松鼠無辜的眼睛還看著我呢！就在我的注視下，那條蛇張大嘴巴，居然就把那隻小松鼠活生生的吞下肚子（真是難以想像）。

巴哥國家公園的猴子與野山豬

巴哥國家公園是沙勞越最著名的國家公園，它是一個遺世孤立的叢林。

小舢舨從巴哥的小村莊出發，沿著退潮後淺淺的水道出海，在河口沙洲間前進，近海處有漁民的定網漁撈，遠處則是一大片紅樹林。

舢舨在剛退潮的沙洲邊停下來，我們從船上跳下來涉水上沙灘，岸邊峭壁是經數百萬年海浪侵蝕的岩塊和岬角，紅色的岩石在陽光下燦爛奪目。

沿著沙灘，穿過岬角與峭壁，還沒到住宿的小木屋就看到一隻長鬚野山豬在林間漫步。才放下行李，國家公園的解說員便再三叮嚀要將房門關好，否則長尾猴會進來偷東西。本來還半信半疑，但是很快就看到小木屋的四周及屋頂都有猴子正虎視眈眈。到了第三天吃早飯時，放下炒飯轉身要拿餐具時，一隻猴子竟飛快從屋頂跳下，奪了餐盤就跑。

當然，除了猴子，山上的野山豬也不時成群結隊跑下山散步。有一天早上起來，赫然發現有三隻野山豬就躺在房門口，還真有點恐怖。比起來，餐廳旁樹上掛著、準時「上班」的赤尾青竹絲就不會那麼嚇人了。

巴哥國家公園雖然著名，但比起臺灣的國家公園擁擠的人潮而言，簡直是人煙稀少，因此生態還保持得很完整而豐富。當然，在沙勞越的其他幾個國家公園人更是少了，常常是走了一整天，看不到其他任何遊客。

巴哥國家公園裡，除了跑來跑去的長尾猴，我們也看到三角臉的銀葉猴，銀灰色的毛髮在陽光下閃亮耀眼，像是龐克族。在小木屋右邊的腦香林及左側沙灘的紅樹林邊，我們各別找到兩群世界上非常珍稀少的保育動物長鼻猴。棕色毛，非常大而長的鼻子，白色臀部和一個啤酒大肚子，平常住在很高的樹上，很少下到地面，非常害羞怕人。

除了這三種猴子，還有四隻不像猴子的飛天狐猴就住在幾棟小木屋之間的樹林裡。有一天傍晚我們就坐在木屋外廊盯著：狐猴一段一段滑翔至森林裡覓食，一直要到天色微亮才回牠在樹幹分岔間的窩。

雨林的隱憂

雖然婆羅洲的自然生態及物種的豐富相當令久居臺灣都市的我們驚豔，可是這個世界三大熱帶雨林之一的婆羅洲島，遭受經濟開發的壓力也是相當大的。

在沙巴的亞庇市坐小飛機到沙勞越的古晉市，從空中看下去，已經有許多原生的雨林被經濟作物及次生林所取代。

熱帶雨林是世界共有的命脈，已開發的工業國家如何協助當地政府及原住民來保護這地球之肺，並且有效的管制跨國企業以絕對的經濟優勢消耗未來子孫的資源，我想，這將是二十一世紀最重要的課題。

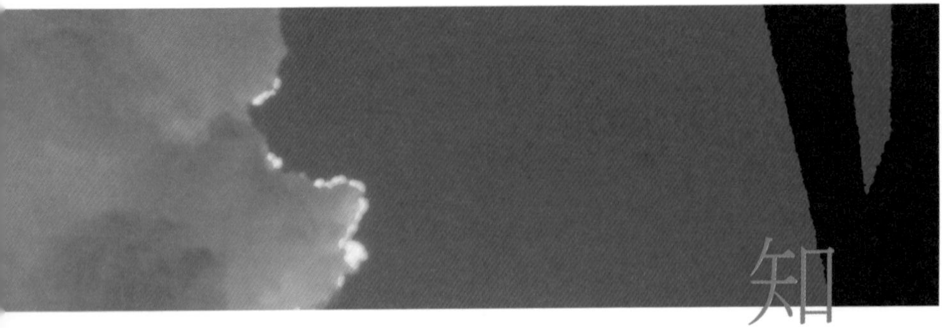

知我者謂我心憂

我在黃昏的日落前趕路

元月十一日下午，開車從臺北走北二高往新竹芎林。有寒流來，天氣很冷很冷，夕陽像一顆大的蛋黃般掛在正前方的山頭上。

一路上我以一百多公里的時速往前飛馳，在ABBA合唱團快節奏的音樂聲裡，我有點著急；不知道能不能趕得上。

太陽還在正前方，我彷彿可以看得到它正一分一分一寸一寸往下掉，我往前飛馳，追著這古老陽光的最後一瞬，我害怕，我怕會追不上它。

太陽還在正前方。我像是夸父追日般，往前飛馳。

老實說，是在荒野成立後，我才認真看生態保育類的書籍。

我是個貪心的人，什麼種類的書都有興趣，對人世間許多事物都有興致，可是這幾年逐漸將各個領域的涉獵納入一個系統後，隱隱約約有股不安的感覺在內心裡升起，當時也說不太清楚，直到看了《古老陽光的最後一瞬》，像是臨門一腳，我才豁然清楚我的不安源自於何處，我著急的真正原因。

這些年全世界經濟體系的發展，人們的生活方式與對待物質、對待地球的方式，再加上因為懂得運用煤炭（儲存三千萬年來的太陽能源）、石油（儲存來自二、三億年來的太陽能源），當人口急速增長及人類在幾十年內消耗掉所有物質世界的來源（目前我們使用的絕大部分用品都來自於石油化學成品，包括藥品、衣物用品），這龐大的人口勢必回到煤炭及石油發現以前的人口數（現在的六分之一左右吧）。假設全人類沒有覺醒的話，這一切都將在二、三十年內發生（就算覺醒，若是太晚的話也沒用，搶奪石油、搶奪水及各種天然資源的戰爭一樣會造成物質文明的崩潰）。

我從來不是「生態恐怖主義者」，也不是「環保基本教義派」的奉行者，可是我看到現在跨國公司的擴展，全球化後無緩衝區的地球村效應；從華爾街三個月看一次季報表的制度（權力比國家元首大的跨國公司總裁也只有屈服於短期獲利，無法做長期投資或對地球友善的長期研究），甚至民主國家的各級首長也得遷就於選票，所以只有顧及眼前的利益而無法想到未來……再加上無國界的物質流通（潛在病菌感染與各種新疾病發生不可收拾的機會）、基因改造……世界像是一列往前疾駛且失控的火車，現在跳下，立刻就會死（這是許多國家、許多政客妥協的主因），但是不跳，會眼睜睜看著火車撞毀或崩解。

好希望我是杞人憂天。

太陽還在正前方。我像是夸父追日般，往前飛馳。
（美國五大湖區）

好希望自己是科技樂觀主義，相信一切的一切，未來的科技會解決。

好希望自己可以輕鬆的對自己說：「有那麼嚴重嗎？」

我知道「目前還好，未來似乎還有相當大的發展空間」這樣的線性或理性的推論，但是我也知道，生態系統中，一個物種往往在全部滅亡的前一刻，仍是欣欣向榮不斷成長的；甚至連人為的系統，比如股市崩盤，在發生的前一天，還不是樂觀且毫無徵兆嗎？

知我者謂我心憂，不知者謂我何求！

這些年我常常很著急，希望有更多的人行動，有更多的人覺醒，希望覺醒的人數能達到一個引爆趨勢的關鍵點，因此，荒野需要更多會員，荒野需要更多推廣講師去告訴民眾；荒野需要辦更多兒童營讓孩子接觸自然生命，埋下尊重自然的種子；荒野需要更多更多的炫蜂家庭，這是環境守護的最大堅定力量；荒野需要在綠色生活地圖的繪製下，引導每個民眾去關懷自己的環境；荒野需要更多自然解說員，告訴每個人生態環境與人類的密切關係……

我很急，不知道來不來得及。如果，每個行動的人持續影響周邊的人，讓覺醒的人數成等比級數增加，那麼五到十年，全世界民眾的意識就會改變。如果每個荒野人都願意去行動再行動的話。

我在黃昏的日落前趕路。

在陽光的消失最後一瞬前，我抵達芎林國中。有二十多位荒野伙伴在寒風中整裝待飛。

我們可能相識滿天下，但可曾有多少個朋友，可曾有多少個伙伴？（臺中清水濕地）

我喜歡稱呼荒野的朋友為伙伴，曾經有些人問我為什麼叫伙伴不叫朋友？其實在我個人定義裡，是有區別的。

伙伴，是你們共同為一個理想或一種價值而努力（必須是與職業營生無關的），具有那種患難與共的情誼，才配得上伙伴這樣的稱呼。

因此，我們可能相識滿天下，但可曾有多少個朋友，可曾有多少個伙伴？

千手千眼志工

多一分行動的力量，臺灣就多一分希望！
（蝴蝶破繭而出）

古今中外的人物典範中，假如連宗教或神話傳說也包括進去的話，地藏王菩薩與觀世音菩薩最令我動容。

傳說，觀世音在某次因緣裡聽到釋迦牟尼佛說法，深受感動，於是發了一個宏願：「願意竭盡所能拯救世間的苦難，假如還有任何一個人未能得救，我就喪失這個決心時，便甘願粉身碎骨。」

可是，人世間的災難與痛苦畢竟太過巨大，而且似乎無窮無盡，當觀世音菩薩因為心力交瘁而決定放棄當初的誓言，他的肉身如誓言將化身為千千萬萬的碎片時，釋迦牟尼佛出現了，並且以大法力加持，將碎裂中的觀世音變成千手千眼，使他得以擁有更大的能力去完成拯救世人的心願。

據說，這就是千手千眼觀世音的由來。

每當我沮喪無力時，就會想起觀世音的宏願。

每當我心力交瘁時，就會想起千手千眼觀音。

早些年，荒野保護協會在初成立時，我們曾很樂觀的想著，當臺灣的荒野都能受到很好的保護時，就是荒野保護協會解散之時。可是，在我們的實踐的過程中，我們逐漸發現，臺灣環境承受的壓力不只是與時俱增，而且還似乎無窮無盡。

環境運動經過幾十年的努力，基本上已經是一種普世價值，也就是人人知道，人人同意的價值觀。但是，這也是環境運動現在面臨的最大挑戰與瓶頸：「你如何不斷告訴別人一個他早已同意的觀念呢？」

環境問題已不在於民眾知不知道、同不同意，而是民眾願不願意改變生活、願不願意付出代價？我們知道，改變是痛苦的！要讓民眾願意犧牲舒適與便利，顧慮不特定對象且不可預知的未來世代的利益，絕對不是訴諸道德或上媒體爭取大家注意的議題操弄可以達得到的。

因此總覺得生態保育是條漫漫長路，荒野守護的工作也是時刻不得鬆懈，環境教育的扎根工作更是必須一代又一代永不止息。我常會想，荒野保護協會若像是發下宏願的觀世音，每個會員，每個志工，就是那千手千眼。我們的心願很大，但是分散各處的千手手眼會從最細微的地方做起。

總是記得掛在證嚴法師房間牆上那幅字，那是德瑞莎修女所講的話：「愛不能單獨存在，它本身並無意義；愛必須付諸行動，行動才能使愛發揮功能。」

也常以林懷民先生的一番感慨警惕自己：「二十多年來，把自己置身事外的歎息也只引發更多的歎氣，並沒有改變任何事物，不如面對問題，提出建議，大家合力把缺點改過來。」

也許我們都自認是讀書人，但是知識分子的定義是否是：只會批評、只會埋怨，永遠清高的自外於醬缸文化、汙濁的環境，然後永遠有那沒付諸行動的無力感？

老實說，以前我也是如此，只是這幾年在荒野保護協會中，看到許多人站出來，無私的為我們息息相關的環境奔走盡心，在感動之餘，也在自己的能力範圍內多少做點事。美國總統雷根擺在他桌上有一句銘言：「只要你不在乎誰得到功勞名利，你可以做的事有無限多。」

多一分行動的力量，臺灣就多一分希望！

移民臺東的那些人

前些天趁著到花蓮演講的機會，結束後再往南走一點，到臺東找幾位從臺北「移民」過去的朋友。

其中一對夫婦在退休之後，將大部分積蓄投入經營溫暖明亮具有藝術風格，且適於心靈休憩的民宿。其實張念陽與陳慈佈在他們搬到臺東之前，已經在臺北近郊的山上，做過一陣子的實驗，也就是在我住的社區裡，將自己家裡的客廳與庭院開放出來，讓朋友來家裡喝下午茶。慈佈感性的說：「在這茫茫人海，我們竟然有緣在這一個小小的時空點中相遇，豈能不設法挽留佇足？再以清香花草茶、手工糕點伺候，期待共擁山居生活的脈動，分享與分擔彼此生活中的苦與樂。」

不過如今夫婦倆千辛萬苦重新在臺東打造一個「陽光佈居」，並不只是單純為了自己退休享受生活的考慮，而是希望藉由他們的人脈，能夠邀請一些臺北的朋友到臺東偏遠山區一起做一些事，他們的民宿就特地留下讓這些志工可以免費住宿的房間。比如說，他們在暑

唯有保護的力量與社區民眾、與人民的生活及生存緊密連結，方可以延續下去，才可以一代又一代守護自然資源。（新店南勢溪）

假就曾邀請北一女的學生們到這裡教社區孩子功課，學生們算是一邊到東部度假，一邊當志工。

另外我也到長濱鄉竹湖村去拜訪李登庸與淑芬賢伉儷，他們從臺北移民到臺東落地生根三年多了。登庸學的是資訊電子，但是卻喜歡森林以及與純樸的原住民相處，曾經到屏科大當動物研究助理五年，之後回臺北資訊公司工作八、九年，雖然存了一些錢，但在都市裡總是覺得不自在，因此就來到臺東偏遠的山邊小村落，謀生是靠自己接點來自都市的軟硬體設計工作，但是大部分時間則義務投入社區的改造。

他希望把這個只剩下老人與小孩的原住民社區發展成有機農場，甚至是從事自然農法的美麗家園。因為這個社區在山邊，耕作的田地大多是畸零地，很適合發展少量多樣化的有機農業，他也邀請了國際美育自然生態基金會（MOA）協進會的老師們來幫當地的居民上課。另外他也慢慢協助建立生態導覽的資源，原本附近山區的小溪電魚、毒魚及非法打獵的事件頻傳，現在也申請了護溪管制，並且希望能設法成立巡守隊，守護家園。

這二十年來我從事環境保護有很深的感觸，唯有保護的力量與社區民眾、與人民的生活及生存緊密連結，方可以延續下去，才可以一代又一代守護自然資源；外來的指導力量，或一時性的議題操作，都只能保護一時，往往在不注意的瞬間，破壞力量又反撲回來。

同時，社區在現代社會所扮演的角色，愈來愈顯得重要。當一個富有活力的社區形成之後，可以變成典範，快速複製到更多的縣市鄉鎮裡去。

看著張念陽與李登庸篤定的神情，我知道，守護環境的力量正在地方扎根。

抓魚、吃食與養魚

在一九九九年底，即將邁入二十一世紀時，媒體採訪有管理學之父、趨勢大師中的大師之稱的彼得・杜拉克，詢問二十一世紀哪一個產業會最興盛？結果大師的回答跌破大家的眼鏡：「養殖漁業。」因為彼得・杜拉克已從各種實際數據中推論：「二十一世紀海洋的魚即將被人類捕光，因此人如果還要吃魚的話，只有靠養殖！」

事隔近十年，國際最負盛名的《科學》雜誌，刊登了由歐美跨國學者聯合的研究報告警告：「如果過度捕撈以及海洋遭受汙染的情況不變，到二〇四八年，人類將再也享受不到海鮮！」

先不看其他國家狀況，對享譽國際，素有世界漁業大國之稱，超會捕魚的臺灣漁業而言，臺灣烏魚捕撈總數從每年兩百七十萬尾減至近年每年二十萬尾不到，去年捕的黑鮪魚數量也不到十年前的四分之一，蚵仔減少五分之一，透抽少了四分之三。

其實我們真的很會捕魚，近年已被禁用的流刺網是用單絲尼龍編織而成，長五十公尺，深十公尺的網片，往往連結數百至一千片，總長度三十公里到四十公里長的魚網，漂浮在海面上，攔截捕捉所有游過的魚群。

這種有「死亡之牆」之稱的網具被禁用之後，我們又發明了嚴重傷害珊瑚礁的漁具，一種大小通吃的三層圍網。等到三層圍網被禁用後，聰明的臺灣人又用二層或四層底刺網漁具來規避查緝。

臺灣人真的很喜歡吃海鮮，幾乎已經到了無所不吃的境界，從最大的、最貴的吃起，鯨鯊、象鯊、蝠魟、鮪魚、旗魚、翻車魚；一直到稀有的魚種、魚卵甚至連仔稚魚、魩仔魚也不放過。前一陣子看到旅遊雜誌的廣告宣傳：「珊瑚礁魚類美麗又可口。」差一點沒有昏倒。珊瑚礁有海底的熱帶雨林之稱，珊瑚礁魚類魚「種」雖多，但是「數量」卻很少，生態體系又十分複雜脆弱。「不吃活海鮮，以免吞噬海中熱帶雨林」是國際保育組織十多年來大力宣傳的保育行動，我們的媒體怎麼這麼沒常識啊？

那麼該吃哪些魚，才能又健康又環保？簡單講最好是選擇食物鏈底層的生物為主，如水母（海蜇皮）、蚵仔、淡菜、魷魚、虱目魚、沙丁魚、鯷魚、鯡魚、鯖魚等。有人會認為，吃人工養殖的魚對海洋魚類比較沒有傷害，其實這也不一定，有許多養殖魚類只能餵食海中抓來的小魚，比如生產一公斤的黑鮪魚需要二十公斤由鯷魚、鯡魚組成的魚飼料，非常不划算。

人類的無知是威脅海洋健康最可怕、最危險的事。
（澎湖海邊拉罟捕魚）

有人拚命吃魚，當然就會有人努力捕魚，幸好也有人竭盡心力復育海洋的魚類資源。

前幾個星期到澎湖縣政府演講，順便參觀了澎湖縣水產種苗繁殖場，這個正式編制員額只有三個人的養殖場，一年復育了七十萬尾的黑鯛、石斑魚，百萬尾的斑節蝦、沙蝦，十萬隻澎湖本地產的遠海梭子蟹，以及二十萬顆的九孔、銀塔鐘螺等貝類。

精神奕奕卻又顯然睡眠不足的張國亮場長說著他的願景：目前正在研究各種螺類的復育方法，同時海膽的培育也是未來重點，另外也在研究各種大型藻類的培養，希望給當地民眾種紫菜之外的選擇。

這個種苗繁殖場將採集的魚蝦貝類人工飼養後，進行採卵，並孵化培育，從仔稚魚養到幼魚，然後再放流到澎湖近海，增加澎湖的漁業資源。

不過這個已有四十年歷史的種苗繁殖場除了「養魚來讓漁民抓」，張國亮朝著場區四周不停的比劃著說：「未來這裡將會有種苗生產暨海洋生態大樓，除了增加繁養的產值，還能提供學校的海洋教育，甚至生態旅遊觀光，讓更多的孩子與民眾親近海洋，也能夠進一步瞭解海洋。」

海洋學家奧爾曾說：「假如我只能說一件威脅海洋健康最可怕、最危險的事，而又是一切問題的根源，那就是人類的無知。」

的確，當我們瞭解什麼魚可以吃，什麼魚不可以吃時，我們才能夠確保我們的孩子還吃得到魚。

來自玉山的歌聲

曾經多次在現場聆聽這群小朋友唱歌，也買了他們錄製、獲得金曲獎評審團獎的《唱歌吧》CD，每次聽到這來自玉山的歌聲，也彷彿聽到屬於自己內心深處的原聲，那種來自心中對大自然、對生命、對土地的呼喚。

這個合唱團的成員是中央山脈與玉山山脈上，比桃園縣、彰化縣還大的南投信義鄉十一個布農族的孩子，這幾年來，在一群愛作夢的大人陪伴下，這些孩子透過歌唱，重新感受自己血脈的驕傲，重心體會祖先的生命智慧與情韻，同時也超越了語言文化的藩籬，感動了無數的都市人，喚起內心失落已久的心靈故鄉。

十多年來一直在信義鄉任教的馬彼得校長，曾經帶領過三個得到兒童合唱團冠軍的團隊，可是每當他輪調到不同學校，原先的合唱團就只好解散，而且各種行政資源的匱乏，也不是他長期能獨立負擔的。幸好他遇到一些也同樣愛作夢的老師，包括從建中資優班導師退休的廖達珊老師與孫蘭芳老師等人，在二〇〇八年成立了

每次聽到這來自玉山的歌聲，也彷彿聽到屬於自己內心深處的原聲，那種來自心中對大自然、對生命、對土地的呼喚。

（臺東赤科山屋頂晒金針）

原聲教育協會，借用信義鄉的東埔國小成立了假日住宿原住民音樂學校，從十多個部落裡的十多個小學甄選出優秀的原住民學童，利用假日住宿在東埔國小，除了練合唱，還給予長期的語文閱讀、數學、英語及藝術人文教育，希望能培育出對族群文化有所體悟與使命感的原住民菁英。

馬彼得校長認為，部落所需要的菁英是能在生活態度、價值觀與文化認知上正確的菁英，而不是為了自己的利益或滿足自己權力欲望的菁英。常常看到馬校長不厭其煩、苦口婆心的提醒孩子：「要改變態度、改變思維、改變習慣……」因為馬校長認為，如果不改變自己，如何改變幾近崩解的原住民部落呢？

改變從建立自信開始，自信的建立可以從發展他們的天賦與提供他們機會著手。某年大年初一，在我家首映記錄他們籌組合唱團的影片《唱歌吧》，幾十個朋友看了都非常感動。布農族是天生的歌唱民族，從生命的誕生到終結，不管是慶典或儀式，或喜或憂，他們都以歌聲來表達情緒，而且每唱必有合聲。對布農族而言，唱歌是對上天的敬虔，是天人合一的互動，是人己心靈的溝通，所以唱歌不只是唱歌，而是來自祖先的智慧、期盼與叮嚀。

的確，唱歌不只是唱歌，二〇一一年五月原聲教育協會成立三週年時，發表了第二部紀錄片《不只是唱歌》，對於協會的理事長廖達珊老師或是原聲音樂學校阿鑾校長或馬彼得校長而言，他們真正想達成的是長期培育原住民菁英人才，促進部落典範的養成，重新建構原住民新的價值體系，族群才能持續的存在與發展。因此，廖老師動員了她這數十年教過的建中資優班的學生以及所有人脈，大家有錢出錢，有力出力，包括現在還在讀資優班的建中學生利用寒暑假上山教這群孩子功課。當然，在平常的日子裡，原聲教育協會也請了十多個老師與動員許多志工，輔導他們進行各種學習。

我曾經問過廖老師這些年來的感觸，她說：「當我看到這些孩子努力的學習，我知道，他們未來的一生，絕對跟我們還沒來這裡不同！」

馬彼得校長也曾自嘲說：「幹嘛沒事找事，好好的日子不過，現在弄得一年三百六十五天，天天忙，起早趕晚的，真是自找罪受。」但是，我知道，他們肉體雖然辛苦，可是只要看到孩子們的改變，心裡的滿足與快樂是無可取代的。

人的一生似長卻又很短，要把握當下，找到可以獻身的理想，當我們關心這個世界，並願為自己的夢想而行動時，我們個人的生命意義也才得以實現！

看見我們的河

當我們扭開水龍頭，可曾想過這流出的水中，最高、最遠的源頭是來自何處？當我們問孩子喝的水從哪裡出來的，答案除了水龍頭之外，聰明一點的或許也只會回答說「××水庫」。進步的科技已經使我們與大自然愈來愈疏離，我們不知喝的水從哪裡來，當然也看不到灌溉與維持我們生命的河流。

《天下雜誌》曾經拍攝製作了以「看河」為名的三部紀錄片，追蹤了哺育整個南臺灣的生命之河「高屏溪」這十五年來的狀況。第一部在一九九六年拍攝，當時這條流域廣達三千兩百五十六平方公里的高屏溪，因為中下游過度開發利用，從盜採砂石、堆放垃圾到排放養豬廢水，惡化成瀕臨死亡，完整呈現了人類的貪婪。第二部拍於二〇〇六年，經過十年的整治，從政府加強取締盜採砂石、將養豬場遷移、協助養豬農轉業，以及垃圾重新掩埋，另外輔以當地民間環保團體的參與及協助，原本汙濁惡臭的河流煥然一新，隱隱看見令人欣喜的豐富生命重新萌芽茁壯的希望。

第三部製作完成於二〇一〇年，記錄了二〇〇九年八月莫拉克風災來襲之後，高屏溪歷經十五年努力，一夕化為烏有的現況。數十年來一直關心守護著高屏溪的曾貴海醫師這麼說：「高屏溪已經消失了，整個河道都被土石掩埋掉，這已經不是我認識的山，也不是我熟識的河。」

高屏溪沿岸走山沖刷產生的土石，灌入河流，讓河道劇烈抬升十到三十公尺，等於三到十層樓的高度。當然莫拉克颱風帶來創世界紀錄的超高雨量是最直接的罪魁禍首，但是往後臺灣鬆軟脆弱的家園，面對全球環境變遷的極端氣候，將會時時都有如此的重大災難的威脅。

臺灣地區因為面積小且高山林立，再加上降雨又集中，所以全島溪流密布，卻又很短、坡度大，枯水期與洪泛期水量差異很大。臺灣重要河川共有一百五十一條，其中主要河川十九條，次要河川三十二條，普通河川一百條，比較小的山澗小溪更是不計其數，可是絕大部分河川溪流都有水質汙染、淤砂、河岸發展過度等等問題。

問題都已經是老生常談了，重要的是要拿出行動。只有我們瞭解人的命運與自然的命運是分不開的，河川的死亡就將會是人類的死亡，將這種在地守護的力量從短暫的「汙染受害意識」，提升到長期和持續的「環境生態意識」，這才是臺灣各地河川保護能否成功的關鍵。我們是否能夠尊重自然，不與山爭地、不與河爭地，該還給大自然的，就還給大自然？

我們要留給下一代的，是一條什麼樣的河流？
（住家附近的小溪）

我們從小唱的童謠：「我家門前有小河，後面有山坡……」在當年是事實的描述，但在現代卻是對居家環境的憧憬。的確，山林與溪水原本就是人類最終的撫慰與最原始的鄉愁。可是，曾幾何時，門前的小河會泛濫，後面的山坡會傾頹、會有土石流？

美好的憧憬怎麼變成令人戰慄的家園？

關懷河川，癥結不在河川，而在人心。

臺灣民眾對待河川溪流的態度，就是我們對待臺灣環境、對待自然態度的縮影。

看著嗚咽的河川，思索臺灣的未來。

我們要留給下一代的，是一條什麼樣的河流？

從大自然中可以領略萬物生命一體的奧祕，對死亡比較不會恐懼，也容易有安寧喜悅的老年平靜心靈。
（馬祖南竿島鐵板村）

假若有天退休，到底該住到什麼地方？

我知道很多人整天盼望著住到風光明媚的山裡或海邊，或者移民到「蜜與奶之地」，享受來自大自然的天人合一感受。

的確，這很重要，年紀愈大，對自然生命的渴望與需求就愈高，從大自然中可以領略萬物生命一體的奧祕，對死亡比較不會恐懼，也容易有安寧喜悅的老年平靜心靈。

可是我們忽略了一點，真的住到太深山，對於老年人很迫切的生活便利性及醫療照顧往往就無法兼顧。

因此，若要我選擇，我會住到城市與鄉間的交界處，這種邊緣，可以有比較多不同的思維，對於人間紅塵也比較容易產生「有點黏卻不會太黏」那種既入世又出世，既儒家知其不可而為之的努力，以及道家法天地萬物的隨緣。

是矛盾，但也可以是一種平衡。

白海豚與濕地

自從雙胞胎女兒ＡＢ寶上網加入了保護白海豚的購地信託連署後，就一直很關心相關的新聞，也要求我帶她們去看白海豚。

我提醒她們：「沒問題，等妳們考完段考有空時，隨時可以帶妳們去，不過，妳們忘記了嗎？小時候妳們曾經去過那裡了，就是在海邊坐牛車那次活動啊！」

孩子很興奮的說：「喔！就是那裡喔，我們還記得。」於是連忙去翻找照片。

彰化、雲林沿海因為地形較平坦，漲潮與退潮間的泥灘地（也就是潮間帶）特別的寬廣，居然可以到五、六公里之遠，也就是從海岸邊要橫越一般所謂的沙灘到海裡，整整要走上一個多小時呢！

臺灣的西南沿海養殖漁業盛行，除了岸上的各種魚蝦類，在海灘外，一直都是養蚵盛地。一般來說，蚵農都坐在膠筏或竹筏上採蚵，但是在彰化沿岸的蚵農卻認為，蚵晒到太陽會較鮮美、肉質較結實，若是整天都泡在海中會虛胖，因此蚵就養在潮間帶外圍，退潮時蚵架會露出來，也因為水較淺，沒辦法搭乘膠筏去採收，只能靠牛車（或機械動力的鐵牛車）去採收，因此全臺灣就只有在彰化海濱可以看到數十輛牛車漫步在海灘上運蚵的奇特景象，但這景象恐怕也即將消失了吧！

這幾年民間團體為了守護這個潮間帶，舉辦活動時，就會請蚵農駕著牛車讓小朋友搭乘，進行生態解說。因為這片廣大豐富的潮間帶，有可能會被填掉蓋工廠。彰化雲林是濁水溪的出海口，濁水溪孕育了彰化雲林的農業，自古以來就有臺灣穀倉之稱，但是近些年來，許多重汙染的工業一直侵占這片潮間帶，河的南岸雲林縣有臺塑六輕，北岸的彰化縣目前又打算蓋八輕國光石化廠，這不僅會嚴重破壞沿海漁業，也會汙染這個臺灣重要的米糧、蔬果產地，威脅我們身體的健康。

濕地指的是介於陸地和水域之間過渡地帶的潮濕土地，也就是有時水多有時水少的地方，包括了淡水或鹹水兩種。像海邊潮間泥灘濕地、潮間沼澤或紅樹林沼澤屬於鹹水濕地，淡水濕地包括水塘、溪流邊、湖泊邊的淺水區、農田、森林濕地等。濕地不僅是地球上生產力最高的自然生態系之一，被稱為「地球的腎」，也是陸地上天然的蓄水庫，在防旱蓄洪、調節氣候、過濾環境汙染等方面有非常重要的作用。濕地植物還是構成食物鏈的基本生產者，將土壤、水域、野生動物，結合成一個密不可分的網絡。

民間團體為了守護這個潮間帶，舉辦活動時，就會請蚵農駕著牛車讓小朋友搭乘，進行生態解說。（彰化大城濕地）

但是，濕地卻常被視為是沒有用的爛泥巴地，所以常常會被填掉蓋工廠、蓋公園。這些年，臺灣濕地不斷減少，很多來自於重大工程的開發（如：興建高速鐵路就經過臺灣水雉原生棲息地葫蘆埤；興建西部濱海快速道路更導致海岸濕地的大量喪失，影響從桃園觀音、新竹南寮、彰化彰濱、漢寶、雲林麥寮、嘉義東石直到臺南北門等地區），以及鋼鐵及石化重工業區的開發，往往也以濱海的濕地作為興建基地（如雲林麥寮工業區、彰濱工業區、新竹香山工業區，以及正在規劃中的國光石化工業區將在彰化填海造地）。

此外，內陸濕地因為自然與人文的變遷，因為缺水而陸化的也不少，再者就是民眾欠缺生態保育的知識，在有意無意中破壞了濕地（如不當使用農藥、除草劑，以及溝渠水泥化，還有隨意放生等等）。自然教育是荒野保護協會長期努力的目標，因為我們相信長期的行動來自於深刻的瞭解，唯有讓所有的民眾知道濕地的重要，才能改變濕地消失的悲劇。

看著AB寶專注的神情，我相信，有那麼一天，臺灣自然環境的永續發展將不是夢想。

當蝴蝶拍動翅膀……

好萊塢曾經拍了一部取名為《蝴蝶效應》的電影，在片頭放上這麼一句話：

縱使細微如蝴蝶之鼓翼，
也能造成千里外的颱風。
——混沌理論

這讓許多人認識了什麼是蝴蝶效應，也第一次看到混沌理論這個名詞。

有人說，二十世紀對人類最有影響的科學成果只有三種，即「相對論」、「量子力學」以及「混沌理論」。長久以來，所有科學家都在探求自然的秩序，但是對於大氣的變化、變幻莫測的海洋、野生動物數量突然的增減，甚至人類心臟跳動的規則與不規則，都無法找出數學規律性的解釋，直到出現混沌理論，它跨越了不同科學學門的界線，甚至不只是一個單一的理論，反而可以說是一種思考方式，一種全新的哲學甚至世界觀。

它認定宇宙存在的一切其實並不存在我們想像中那種秩序，也就是我們在古典物理與科學架構下發展出的定律、定理或秩序，其實在真實的世界中，是極為少見的，因為若在更嚴苛的尺度下檢驗，都會變得不準或鬆散。簡單的講，混沌理論揭示的真理是：「凡事不可預測，但非隨機。」

所謂非隨機的意思就是達文西在他筆記本中寫下的「萬事萬物都會關連到其他萬事萬物」，只是事物之間可以互相影響以及彼此改變，或者加乘，或者抵消，以人類之力是很難計算出的。換句話說，我們知道世間沒有真正的偶然，但是我們又很難推斷出什麼是必然。

蝴蝶效應是混沌理論的某一種說明，它是三十多年前，加拿大氣象學家在某一次研討會報告中提出的一個比喻，他在用電腦模擬大氣運動時，在數以千筆、萬筆的數據變因中，只更動了一個非常微不足道的數字，他形容說，微小到就像是在北京一隻原本向東飛的蝴蝶改向西飛所引起的氣流改變，在其他數據都沒有變動之下，原本晴天的紐約，卻產生了大風暴。大概他用的這個比喻實在太生動了，後來蝴蝶效應就變成一個專有名詞，用來說明一個小小的行動卻造成想像不到的巨大後果的現象。

的確，在我們人生中，總會有某個時刻、某個契機，可以扭轉全局；也有可能我們費盡力氣、想盡謀略，卻毫無成效。瞭解了混沌理論之後，我們也比較能夠體會孔子說的「盡人事而聽天命」了！

不過這種「萬事萬物都會關連到其他萬事萬物」的事實，可以讓我們更加謹慎的對待我們經手過的事物，或思索我們所吃、所用的所有東西究竟是從哪裡來，會到哪裡去。

記得將近二十年前，有一個叫做「雨林行動網」的國際環保團體發起了一項抗議速食連鎖店的活動，抵制這家公司，希望他們停止使用來自中南美洲所進口的牛肉，在抗議文宣上寫著：「為了在一個漢堡上少花五分錢美金而失去全世界一半的雨林，值得嗎？」

咦？便宜的速食和雨林之間到底有什麼關係呢？

原來熱帶雨林的生態和土壤，與溫帶森林或北方寒帶林不一樣，雨林的養分都存在樹木裡，而非土壤中，因為在濕熱的熱帶環境中，萬物容易腐朽，林地上的落葉與倒樹會很快腐朽分解，滋養其他物種，重新返回生命系統之中。不像溫帶地區，死亡的動植物分解太慢，會堆積起厚且肥沃的土壤（也就因為熱帶雨林土壤淺，大樹的根淺抓不牢樹幹，才形成露出地表厚厚的板根或有如支柱的氣根），因此，在這種土壤上農耕或畜牧是殺雞取卵，因為養分只存在樹木裡，一旦樹木消失了，整個生態系都將崩潰。

拉丁美洲為了發展畜牧業，夷平森林（放火焚燒）改成草地，放養牛群於其中，但是這些牧場與溫帶地牧場不一樣，並不能永續經營，開發的放牧地過不了幾年就貧瘠得無法長出牧草，不得不另外再破壞森林，開發新的牧場，惡性循環下，難怪雨林大量消失。估計自中南美洲外銷漢堡牛肉一頓，相當於破壞掉一公頃雨林的代價。

凡事不可預測，但非隨機。
（宜蘭雙連埤）

從漢堡的例子，我們可以知道，這麼一個小小的舉動，竟然會對自然資源以及其他生物造成那麼大的影響啊！一個生態系統的穩定度與它的複雜性有直接的關係。一個群落中，若共存的生物種類愈多，表示生物種類間的關連愈多，對大自然的改變，以及突發災變的抗拒力或適應性也就愈大。因此，保持生物多樣性，對地球整體生態以及人類生存都是非常重要的。

人類只是整個生命之網的一股絲線，若是我們濫伐雨林或因不當物質文明的發展而滅絕了物種，讓這張生命之網有了破洞，我們也將身受其害。

沒有人是孤島

沒有人是孤島，或是全然的單獨，每個人都是大陸的一塊，是隸屬於主體的一部分。（花蓮砂卡噹溪）

美國大詩人艾略特最著名的長詩〈荒原〉一開始就這麼寫著：

四月是最殘酷的月分，
由死地繁殖出紫丁香，
把追憶跟願望揉合，
以春雨激動遲鈍的根苗。

八十多年來，荒原的意象深深影響了英美的文學，詩人將近代都市的醜陋和民眾的墮落，美和醜，絕望和憧憬，以數百行的長詩呈現出現代社會的荒涼與荒謬。「四月是最殘酷的月分」，這著名又令人迷惑的句子，在二〇一一年的三月看來，卻是相當真實的描述。

我們曾經以為科技進步，人定勝天，人類可以掌握世界，可是近年來接二連三的地震、海嘯、颱風，讓我們看見大自然的力量，甚至除了這些有形的天災，許多看不見的致命破壞也正在蔓延，從幾年前的ＳＡＲＳ、禽流感，到現今的新流感都是。曾經，我們也以為戰勝了傳染病。在一九六〇年代，許多抗生素、疫苗相繼發明之後，先進國家充滿了天真樂觀的氣氛，一九六九年，美國主管醫藥衛生的最高首長史都華博士公開宣布：「傳染病已到了盡頭，流行病學的教科書可以收起來了！」當這些科學家沉醉在無菌時代的幻夢中時，許多新疾病已悄悄出現，甚至舊疾病也反撲回來了！

除了愛滋病，各種新興又致命的出血熱，如伊波拉病毒、拉薩熱、登革熱……，舊有的疾病如肺結核、黃熱病、痢疾（至今一年有仍有七十萬以上的死亡病例）也不斷出現病例，甚至霍亂前幾年還在祕魯流行，幾個星期之內死了一千多人。

我們正活在不穩定、不確定的新時代裡。

我們有必要警覺，但卻也無需絕望。

人類之所以為萬物之靈，正是因為人類尊重生命，並且勇於面對現實。

大家常常會說：「世界是一個生命共同體。」大家也常常將地球村像口號般的掛在嘴裡，但是只有當生命被逼到了最後的境地，也就是當我們無可逃避的面對死亡時，一切才變得深刻，也才看得出大家對共同體的認同與承諾，究竟我們能做什麼，願意為其他人付出些什麼？

英國詩人約翰・鄧恩寫的詩在現在看起來，是那麼的真實：「沒有人是孤島，或是全然的單獨，每個人都是大陸的一塊，是隸屬於主體的一部分。……任何人死亡我都會受到損傷，因為我與人類息息相關，所以不要去問喪鐘為誰而鳴，它為你而鳴。」

讓我們學習謙虛的面對大自然。保護環境，並不只是關心某些特定物種，而是去認識從人類、小草到最微小的微生物所構成的整個生物圈，並且謙虛的承認，生態系統的複雜性，遠超過人類的力量所能掌控。

賺到了錢，留下了什麼？

我們在這個時代裡，周遭的每個朋友似乎都愈來愈忙。若問大家為何辛苦奔波，答案不外乎是為了改善生活與為了孩子。

可是，也許就在我們忙碌的追求當中，自己的生活就沒了，即便賺了一些錢，我們卻留給了孩子愈來愈糟的環境。講得粗俗一點，留下一些錢給孩子，剛好給他們看病買藥。

或許就像開車走錯方向，我們愈努力，只會離目的地愈遠。

我們不斷渴求著更多、更快，但是卻沒有給我們帶來幸福快樂與心靈的平安。我們要求更新、更時髦，東西剛買到手沒多久就丟棄，因為要升級，因為趕不上最新流行。我們這一代以進步的科技加上貨暢其流的全球化卓越管理，已經改變了世界，消耗且不可恢復的用掉屬於後代子孫的資源。

我們有能力改變世界，我們也的確改變了世界，而這

我們有能力改變世界，我們也的確改變了世界，而這個被我們改變了的世界就是孩子們的未來。（上海世博臺北館）

個被我們改變了的世界就是孩子們的未來。

這些年大家常提到永續發展，對於這個大家已經耳熟能詳的專有名詞，我反而比較喜歡中國翻譯成的「可持續性發展」，雖然永續這兩個字比較簡潔且典雅，可是談到永續這兩個字，大部分人想的還是「成長」，而不是「發展」，而「永續」，在眾人的認知裡，似乎也是不斷往上昂揚的曲線，而不是較為謙虛的「可以持續的」那種對後代子孫的責任感。

「成長」與「發展」不一樣，成長是數量的增加，發展是質的改善（結構的改變）。「永續發展」的定義是：「滿足當代需求，同時不損及後代子孫滿足其本身需求的發展。」因此，永續發展是必須顧及許多條件，甚至還必須節制目前的成長。

因此，發展的思索首先應該是尋求我們在宇宙中安身立命的位置，發展的面向也可以是很多的，財富的追求或許只是眾多選擇項目之一。在喜馬拉雅山區的小小國家不丹，就以「國民幸福指數」來取代「國內生產毛額」當作國家施政的目標。的確，也有愈來愈多人體會到，我們的幸福感與生活滿意度，遠比物質消費來得重要，偏偏很多政府首長總是以為蓋愈多的硬體建設就是進步，其實有時候恰恰好相反。

如果全球的經濟是在一個無邊無際的無限大的世界中，或許靠著不斷成長，的確可以解決問題，但是真實世界並不是如此，我們的一切消費都靠著有限的生物圈來支撐，如果我們不斷的擴張與消耗資源，侵蝕了周遭的生態系，這種以自然資本換來的短暫成長，絕對會是划不來的成長，很快就必須面對後遺症與品質下降的苦果。

我不禁要問：「賺到了錢，我們留下了什麼？」

我不禁要問：「賺到了錢，我們留下了什麼？」
（南投清境農場）

一滴水要如何永不乾涸？答案是滴入大海中。
（蘭嶼捕飛魚）

面對六十多億人口，複雜且龐大的全球經濟體系，我們每個人似乎是汪洋裡的一滴水，顯得如此渺小。但是當年德瑞莎修女立下幫助「貧窮中最窮的人」的大願時，主教問她：「加爾各答就有好幾百萬赤貧的人，請問妳要怎麼做？」德瑞莎修女說：「要數到一百萬，也是得從一開始。」

這個從一開始的信心，帶給我們無比的勇氣與希望。

面對大海，每一滴水似乎是那麼微不足道，可是整個海洋不就是這些微不足道的水滴所集合起來的嗎？因此，每個水滴也都有它的責任，每個水滴的貢獻都有它的意義存在。

一滴水要如何永不乾涸？

答案是滴入大海中。

我掃，故我在

勞動使我們比較容易活在當下，感知周遭的一切。（蘭嶼漁夫）

這幾年來，從日本到臺灣，在企業界裡開始流行一種重要的修練，稱之為「掃除道」的運動，由企業負責人與高階主管以身作則號召員工，彎下腰，趴在地上，清掃公司最骯髒汙穢的廁所與便坑，透過打掃的磨練，使人變得細心，也培養出謙虛與感恩的胸懷，更因為身體力行的付出，往往會感動周遭的人，進而改變整個企業的文化。

近年成立的臺灣美化協會就是以提倡「凡事徹底，磨練心志，謙卑學習，感恩惜福」的清掃哲學為宗旨，希望透過實際的清掃行動來淨化個人心靈並帶動良好的社會風氣，除了在企業間推廣，也積極跟教育單位合作，在各級學校裡也成立了數十個分會。

二○一一年在地球日當天，美化協會舉辦了一系列的活動，非常特別的是，參加學習如何清掃的演講會必須交五百元，願意到小學去清掃廁所的人要交一百元，結果居然有一千多位民眾繳費報名參加，在訝異之餘也對臺灣的軟實力更有信心了。

不過在此事背後，我也赫然發現，原來現在大部分學校的學生已經不用打掃校園與廁所了。記得我小時候，打掃學校的環境是每個學生每天到學校必做的第一件事，我們千年以來兒童教育的傳統，有所謂「晨起，灑掃庭除，應對進退」，怎麼消失無蹤了呢？當學校的清潔工作外包給廠商做時，我們其實是喪失了從生活中讓孩子養成良好習慣的機會。

很多家長並不瞭解早上起床的勞動，對課業的學習很有幫助。研究證明，身體的勞動會產生三種激素：多巴胺、血清素與正腎上腺素，這三種神經傳導物質都會幫助學習。多巴胺是正向的情緒物質，會使我們感覺到愉悅快樂；血清素可以幫助記憶；正腎上腺素可以使專注力增強。

現在的人，不管大人或小孩，太少肢體的勞動了，勞動使我們比較容易活在當下，感知周遭的一切，不易起煩惱心。我想許多宗教大師力行「一日不做，一日不食」的戒律，除了道德與價值的呈現外，也是求道悟道的很好方法。

在人類漫長的演化過程裡，在數百萬年的狩獵時代，我們時時刻刻處在危險中，看到獵物要趕快追，看到敵人就要趕快跑，人類為應付這些生存的壓力也演化出一系列的反應機制，包括分泌賀爾蒙讓我們身體可以瞬間採取行動，跑得更快、更有力量。

可是隨著文明的到來，許多聲光的感官刺激以及來自職場或學業上的有形無形的競爭，導致精神壓力非常大，壓力賀爾蒙也過度激發神經細胞，可是我們的身體卻沒有絲毫動作，無法消化掉那些已被啟動的壓力反應，久而久之，就會干擾到內分泌系統，影響到身體的機能以及大腦的反應。

而且，清掃的好處除了因為勞動而釋放壓力，在我們透過自己的雙手讓周遭環境變乾淨的過程，無形中可以增加自己對生活掌控感的自信，這種經驗剛好是我們處在這個變動迅速、不確定的時代中，最欠缺的體驗了。

所以，今年世界地球日，就讓我們捲起袖子，確確實實的清掃周圍的環境吧！

彎下腰，傾聽

對談是瞭解與互信的開始，也是傳遞思想的方式，遠溯至柏拉圖的《對話錄》，可說是西方哲學的濫觴；在東方，將佛陀與弟子的對話記錄下來的佛經也形成了東方文明的基礎；印度人一向認為凡是兩河交會點一定是聖地。我想，思想的交會也是神聖的。

在這個時代，對話尤其具有特別的意義。如果住在地球上的人們，能夠透過對話，加深相互的理解，從對立到共生，從分裂到統合，那麼人類就有機會解決當前時代面臨的困境。

不過，在這個眾生喧譁的時代，要不同立場、不同黨派、不同民族的民眾互相對話，是不容易的。因為真誠的對話始於深刻的瞭解對方，認真的傾聽對方。我常常有很深的感慨，在臺灣這個過度政治化的社會，以及這個以作態作秀為主流的影像時代裡，人們已經習慣以聳動、斷章取義、製造衝突的方式來吸引目光與媒體的鏡頭，使得人與人之間的真誠對話愈來愈困難。如何讓

真誠的對話始於深刻的瞭解對方，認真的傾聽對方。（德國柏林）

彼此互相理解，共同完成大我，打造一個共創雙贏、化競爭為合作、彼此共存的社會，正是我們應該努力的目標。

不管是希望達成社會改革或是人心觀念的改變，具體實踐的方法，就是從己力所及之處，盡可能展開行動，並且強調就算是無權力，也能進行有效的活動，這是一種長期的實踐過程。

我在多年的環境保育

參與中體會到：只有自己能改變自己，只有自己能教導自己。

的確，我也深深體會到：環境運動的真正敵人是我們自己，是我們內心的貪婪，為了物質享受捨不得改變生活方式；是我們的懶惰，只想抄捷徑搶短線，找最容易的路走；是我們偏狹的心，無法彎下腰傾聽大地的心、傾聽別人的心，不願更寬容、更柔軟的看待所有不同的意見。

佛經中常提到誓願與共業。我常常覺得環境議題是共業，因為沒有一個人可以脫離我們共同生活的環境而獨善其身，就算是再有錢，再富可敵國，都無法自外於這個文明，這個地球。共業唯有以共願來化解，當我們每一個人都願意為了我們共同的未來付出行動，改變我們的生活時，現在的危機或許就是我們的轉機。

把功勞讓給別人

莫拉克颱風帶來的八八水災，造成了臺灣近五十年來少見的天災，在救災告一段落之後，免不了有政治口水與各界檢討之聲，只是年復一年，每次災難過後，都上演一模一樣的戲碼。要是遮住日期與颱風名稱，單看媒體或學者的發言，真的會分不清楚是哪個事件，反正每次都是「老問題」，每個人也都知道問題在哪裡，可是，硬是誰也解決不了。

看著那些事後諸葛，就想起在企業界工作的朋友常會抱怨說：「當初自己提出某些計畫時，主管或同事要嘛不支持要嘛反對，甚至還會扯後腿，可是案子一旦成功，那些原來不看好的人，卻紛紛來攬功勞。」

我們在社會上，也看到許多政治人物不只是信口開河、指鹿為馬，甚至顛倒黑白、昨非今是，往往比商場上的爭名奪利做得還臉不紅、氣不喘，不禁感慨真是世風日下，更好奇怎麼有那麼多不要臉的人。

可是這種情形看得太多之後，也發現一般民眾，甚至我們周邊的親友，對於一些不牽涉到個人利害關係的事情，也會有「經常性的遺忘症」，當認同某一件事時，他們根本忘了或不承認當初是多麼反對。

這種情形其實多年來一直困擾著我，直到看了美國心理學家威廉·詹姆斯的研究，才恍然大悟。

原來一般人遇到新的觀念或想法，如果是跟自己原有的信念相衝突時，大部分的人都會有以下四個階段的反應：第一個階段是認為這個東西根本是胡說八道，一點意義也沒有；可是如果新的觀念一再出現，讓人無法忽略，第二個階段就是會認為這個說法很有趣，但有點離譜；等到這個觀念沒有錯誤，而且顯然是正確的，第三個階段就會認為觀念雖然是真的，但是不重要；後來發現觀念不只是正確，而且有意義，甚至是重要的，第四個階段就會認為是很重要，但是我老早就知道了。

大概也就是如此，所以自古以來，成為一個「先知」，往往是痛苦的，遠在希臘神話中就有卡珊德拉的悲劇（卡珊德拉是特洛伊戰爭時代的公主，命運讓卡珊德拉有了預知未來的能力，但是天神又詛咒她，將沒有人會相信她的預言）。

瞭解了人的思考模式與認知習慣後，想做事情的人也可以比較心平氣和的看待這種「攬功推過」的人之本性。

自古以來，成為一個「先知」，往往是痛苦的。
（臺南億載金城）

記得很久以前看過物理學家戴森的自傳（戴森是發明第一顆原子彈的專案小組召集人），他提到，在他很年輕時，他的長官告訴過他的人生至理：「親自做成一件事情與獲得那件事情的功名，這兩件生命中最棒的事情，你只能選擇得到其中一樣。」

這個故事多年來我一直銘記在心，也不敢貪心的兩者都要。同時我也瞭解到，往往要做成一件事情，甚至要想盡辦法把這件事變成別人的點子，功勞事先就全給別人，那麼這件事才有機會做成。

這個體會，我認為對於一個想做事的人，是非常重要的，甚至在非營利組織發展與成長的過程，簡直可以說是武功祕笈裡的關鍵練功心法呢！

扳倒巨象的小螞蟻

當我們習慣以特定方式來看待某些事物時，就很難想像它會是另一種模樣，這也就是我們身處世界之中，每天在成千上萬的訊息轟炸之下，卻看不見真實世界的原因。畢竟，我們的所知限制了我們的所見，而我們的所見又限制了我們可以理解的東西。

關心環境與世界發展的人，或許常會覺得，要樂觀非常不容易。因為我們知道每一分鐘就有六個人死於愛滋病，四個人死於結核病，兩個兒童死於瘧疾，每一年有一千四百萬人死於很容易治療的傳染病。我們也知道在連鎖咖啡店點一杯咖啡，農民獲得的利潤竟然不到這杯咖啡的百分之一；在南非種甘蔗的農民買不起糖，非洲的馬利雖然有六百多萬頭乳牛，每年卻必須被迫輸入九千噸奶粉。我們也知道只要每年一百三十億美元，就可以讓全世界的孩子得到基本健康及營養照顧，每年挽救近千萬因病死亡的兒童，但是美國和歐洲單單每年花在養寵物的食物費就超過一百七十億美元；聯合國維和部隊每花一美元，就有國家花二千美元來製造戰爭，而具有否決權的聯合國常任理事國剛好就都是世界上最大的軍火商；除此之外，還有迫在眉睫的全球暖化與自然資源耗損的危機。

面對這麼多的問題，若依我們過去傳統的管理思維，會認為只有架構一個強而有力的組織或聯盟，提出一種偉大的論述，發動一場大規模的運動，甚至革命，才得以解決，可是，事實上在愈來愈複雜的世界裡，幾乎無法以單一的行動來處理不同區域的問題。

不過，有一股龐大的力量正在形成與改變世界，這一股看不見的力量就是被低估的公民社會的力量，這些數以百萬計的公益團體、非營利組織，是人類歷史上最大規模的運動，沒有人知道確實的範圍與影響力，他們的運作方式也不是已習於企管與中央集權組織分工的主流社會所能想像，因為沒有領導者與具體訴求，所以就無法被命名；以商業而言，不能被測量，就無法被管理；從媒體來說，看不到，就無法被報導。

這些公益團體所形成的運動與過去人類歷史發生過的種種革命並不相同，因為公益團體凝具的核心是理念，不是意識型態。理念是質疑和解放；意識型態是壟斷與支配，試圖建立一種簡單黑白分明的世界，強調忠誠，厭惡多樣性，不喜歡開放與民主。

一個以理念為核心的公益團體，最能夠因應這個複雜多變的現代社會裡需要的彈性，在這種相對於主流社會中集權管理系統的分權組織裡，沒有明確的領導人，沒有階級制度，也沒有發號施令的總部，即便有領導人出現，這個人也沒有權力來支配別人，他頂多透過以身作則來影響他人。這種透過理念形成的運動像原子一般，是一小片一小片零零散散集合起來的，它形成、消散然後迅速再集結，沒有中央領導、命令或控制。這種無名的運動努力分散權力的集中，不去宰制。透過聽證，提供資訊和聚會，它能搞垮政府、公司和領導人。這些年，網際網路、電子郵件與手機行動通訊，每個地方的人都可以透過資訊科技參與這些運動，彼此不必認識、不必一起工作，也不管彼此的政治立場或宗教、財富有何不同，只要理念與目標相同就可以將力量匯聚起來。是的，這些看不見的力量就在於理念而不是有形的武力。

看不見的力量就在於理念而不是有形的武力。
（思源埡口）

以政治與商業角度來看，這些公益團體的規模都非常小，甚至小到似乎很可笑，但是對於被他們鎖定的對象而言，他們一點都不好笑。的確，從我參與環保運動十多年的經驗裡，已經看到無數個小螞蟻扳倒巨象的例子。這些公益團體的行動者往往必須自己想出辦法，並且將這個方法傳播出去，同時教導更多的志工，是集「學習、行動、教導」的現代社會裡的「三位一體」。

因此，雖然人類社會目前面臨的問題的確嚴重，但是由於這些看不見的力量，我還是很樂觀的，只要有更多人瞭解一個人也可以發揮自己的力量，透過網路串連與理念散播的力量，就近解決自己周遭環境的問題，這些似乎很微小的在地行動，正是看不見的力量的來源。

我知我與至美合而為一，我知我和同伴合而為一。
（東北角海岸）

科技使人疏離人、疏離自然、疏離了自我。不知道有多少人午夜夢迴時會問自己：「電視、行動電話、電動遊戲到底是增加了還是讓我們忽略了人類經驗的品質？」當我們有了更多的東西，似乎不但沒有豐富自己，反而更加貧窮，這種貧窮是注意力的喪失，是真實生命的消逝。

或許當我們向原住民學習，以部落的方式生活，真實的時間便能開始流動。當我們活在沒有手錶制約的日子中，時間是永不匱乏的。或許我們可以領悟並覺察到我們在都市生活中所失去的那種與自然生命的連結感。也就是古代祈禱文所說的：

「我知我與至美合而為一，
我知我和同伴合而為一。
且讓我們的靈魂化為高山，
且讓我們的精神化為繁星，
且讓我們的心化為世界。」

一個平凡人的力量

記得在民國六〇年代，有一年大專聯考的作文題目是「風俗之厚薄，繫乎一、二人心之所嚮」，題旨大概是強調「君子之德風，小人之德草，風行草偃」，說明在上位者當典範的重要性。

可是這些年來，國內的政情與社會氛圍，不禁讓我們擔心，雖然南方朔說得有道理：「一個人的決定有可能替臺灣帶來更可怕的黑暗，一個人的決定也有可能讓整個形勢豁然開朗，此去海濶天空。」但是，在典範早已失落多年的臺灣，我們很難盼望風俗之厚薄，就真的依靠一、二個在上位者的為與不為。

想起幾年所寫的一篇文章中曾這麼感慨：「當所有的名人在狗仔隊的追蹤下一一現形；當政治人物在立場對立下互相攻詰顯得滑稽無能；當層出不窮的弊案與利益糾葛，使得有權力者顯得腦滿腸肥；甚至在扒灰文學盛行下，舉世滔滔，竟然沒有了取法的標準與典範？當一切價值都被打倒後，剩下的是什麼？」

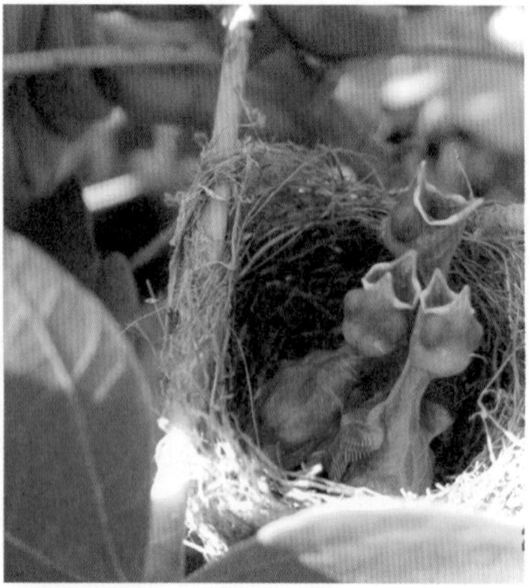

一個願意行動、願意將訊息持續不斷傳播出去的平凡人的力量，是我對臺灣未來希望之所繫。
（花蓮嶺頂沙丘灌木叢中新生幼鳥）

哲學家馬斯洛在幾十年前就這麼說：「每個時代都有自己的典範和理想，唯有我們這個時代例外，我們的文化已經丟棄了英雄、君子與騎士，只有一樣東西留了下來：適應良好、沒有問題的人——一種蒼白、可疑的替代品。不過，或許我們很快就會有新的指引和新的典範，那就是充分發展的自我實現者。」

在這個時代，我們不必再追隨英雄，我們反過來傾聽自己的內心，走自己的路，同時，我們也肯定一個平凡人的力量，我們相信，即便渺小的個人，都可以發揮改變的力量。這不只是信念，而是歷史發展的真實情況，這個看似混沌、複雜世界的運作方式。

舉例來說，任何一個群體行動或社會運動，表面上看來，似乎都很難預測，但是背後卻有些很有趣的現象。一九七三年社會學家格蘭諾維特在探討社會連結現象時，曾以一個例子來說明：

英國某個城市的暴動，起因只是兩個人在酒館打架。

格蘭諾維特認為，大多數人不會無緣無故就發動暴動，但是在恰當的情境之下，我們可能會參加，也就是說，每個人都有某個門檻，這個門檻高低每個人都不一樣。他舉例說，假設酒館裡有一百個人，門檻為○到九十九，在這種情況下，大型暴動是無法避免的，因為一旦那個門檻為○的「極端分子」掀開暴動，然後門檻為一的加入，暴動就會像野火般蔓延，最後連那些門檻非常高的人也會給捲進去了！

不過，在這連鎖反應中，如果門檻為一的那個人的門檻變成了二，那麼在第一個人開始搗毀東西時，其他的人只會旁觀，搞不好還會報警，若是沒有第二個人或第三個人加入，連鎖反應就不會發生。

「一個瘋狂暴徒在旁觀者目擊下，砸破了一扇窗子」到「一群激進分子參加暴動」這兩種截然不同的結果，關鍵可能只在於一個人個性上小小的差異，一個人的行動與否。

這些年的許多研究，似乎發現到，人類的世界有可能依循著一些數學法則，也可以找出一些模式。

前一陣子有一本《引爆趨勢》的書也提到，看似不重要的微小改變，造成的後果往往與改變的本身不成比例，而趨勢的引爆點事實上是來自於社會上少數具有行動力的個人身上。

這也就是我們重新看到的一個平凡人的力量，一個願意行動、願意將訊息持續不斷傳播出去的平凡人的力量。這種力量，也正是我對臺灣未來希望之所繫。

VIEW系列004

迷路原為看花開

作　　者—李偉文
主　　編—顏少鵬
責任編輯—李玉霜
美術設計—我我設計工作室　wowo.design@gmail.com
封面攝影—劉振祥
校　　對—蔡忠穎
責任企劃—曾睦涵

總 編 輯—李采洪
發 行 人—趙政岷
出 版 者—時報文化出版企業股份有限公司
10803台北市和平西路三段二四〇號三樓
發行專線：（〇二）二三〇六—六八四二
讀者服務專線：〇八〇〇—二三一—七〇五
（〇二）二三〇四—七一〇三
讀者服務傳真：（〇二）二三〇四—六八五八
郵撥：一九三四四七二四時報文化出版公司
信箱：台北郵政七九—九九信箱

時報悅讀網—http://www.readingtimes.com.tw
電子郵件信箱—liter@readingtimes.com.tw
法律顧問—理律法律事務所　陳長文律師、李念祖律師
印　　刷—吉鋒彩色印刷股份有限公司
初版一刷—二〇一二年一月十三日
初版六刷—二〇一八年九月二十六日
定　　價—新台幣二八〇元
（缺頁或破損的書，請寄回更換）

時報文化出版公司成立於一九七五年，
並於一九九九年股票上櫃公開發行，於二〇〇八年脫離中時集團非屬旺中，
以「尊重智慧與創意的文化事業」為信念。

迷路原為看花開 / 李偉文著. -- 初版. -- 臺北市：
時報文化, 2012.01
面；公分

ISBN 978-957-13-5497-2（平裝）

855　　　　100028327

ISBN 978-957-13-5497-2
Printed in Taiwan